AF400580

Amalia Ahrens, Gabriele Böing

Der Bürogeist

- Thriller nach wahren Geschehnissen -

Impressum

Bibliografische Information der Deutschen
Nationalbibliothek:
Die Deutsche Nationalbibliothek verzeichnet diese
Publikation in der Deutschen Nationalbibliografie;
detaillierte bibliografische Daten sind im Internet über
http://dnb.dnb.de abrufbar.

1. Auflage

© 2020 Gabriele Böing

Herstellung und Verlag: BoD – Books on Demand,
Norderstedt

ISBN: 978-3-7526-9230-3

Das Geisterly.com-Team erzählt Geschichten von wahren paranormalen Erlebnissen, die ihm berichtet werden. Manche enthalten einige tatsächlich so geschehene Vorgänge, andere basieren fast vollkommen auf ihnen.

Diese Erzählung gehört zur zweiten Kategorie. Natürlich sind die Orte und Personen im Rahmen der schriftstellerischen Freiheit so verändert worden, dass ein Bezug zu den tatsächlichen Geschehnissen, Personen und Orten nicht mehr nachvollziehbar ist.

Wir wünschen viel Spaß bei dieser wahren Geschichte.

Das Geisterly.com-Team

Darjas Magengrube krampfte sich jedes Mal zusammen, wenn sie die sterilen Marmorstufen zu ihrem Platz im Großraumbüro heraufstieg.

Ihre Haare richteten sich spürbar auf, als würde sie gleich einem übermächtigen Feind begegnen oder hätte gerade einen Stromschlag bekommen. Die Arbeitsstelle, die sie vor etwas mehr als einem halben Jahr angetreten hatte, war ihr nicht geheuer.

Es lag definitiv nicht an ihrem Chef, dem verständnisvollen Abteilungsleiter, und auch nicht an der Arbeit. Hier hatte sie die Möglichkeit, dann mit ihrer Arbeit zu beginnen, wenn ihr Mann Felix nach seinem Job zu Hause auf ihre beiden Kinder aufpassen konnte.

Auch die Tätigkeiten, das umfassende Betreuen eines Kundenstammes, machte ihr Spaß. Was war es dann, was sie jedes Mal gruselte, wenn sie dieses Gebäude betrat?

„Sieh einer an. Unsere werte Mitarbeiterin mit Sonderrechten, die sie sich, wer weiß wie, erschlichen hat, ist nun auch schon eingetroffen." Natürlich musste Marina Darja auch an diesem Tag mit einer bissigen Begrüßung empfangen. Marina war eine durch ihre freche Art überall gefürchtete Kollegin, der sich niemand in den Weg stellte. Jeder wusste, dass sie neidisch auf Darjas Familie sowie ihre Arbeitszeitsonderregelung war und zudem noch ausländerfeindlich. Darja vermutete stark, dass sie der Grund für ihre Abneigung gegen die eigentlich sonst sehr angenehme Arbeitsstelle war.

„Ich habe dir schon mehrmals erklärt, dass ich zwei kleine Kinder habe und erst dann arbeiten kann, wenn mein Mann sie versorgt", leierte Darja ihre Rechtfertigung für ihre auf den Nachmittag und Abend verlegten Arbeitszeiten herunter.

„Manche Menschen bekommen offensichtlich ihren Hals nicht voll genug. Dein Mann arbeitet Vollzeit, um seine Familie zu ernähren und bestimmt nicht, um noch am Abend auf seine Blagen aufzupassen, damit sein ausländisches Frauchen ihrer Selbstverwirklichung nachgehen und sich teuren Schmuck leisten kann." Marinas Blick auf Darjas goldenen Smaragdring war unübersehbar.

„Der Ring ist ein Erbstück von meiner verstorbenen Oma", entgegnete Darja entschuldigend, schwieg aber zu Marinas anderen Vorwürfen. Sie konnte nur eine Dreiviertelstelle annehmen. Mehr war einfach nicht möglich, wenn sie ihre Kinder ohne fremde Hilfe betreuen wollten. Zudem tat ihr Marina leid, denn es war ein offenes Geheimnis, dass Marinas Ehe kinderlos blieb, weil ihr Mann, ein jahrelanger Quartalssäufer, erst unfruchtbar und dann arbeitslos wurde. Darja wollte Marinas Schmerz über ihre Kinderlosigkeit nicht noch triggern. So schluckte sie eine womöglich verletzende Entgegnung herunter.

Noch immer voll innerer Abwehr ließ Darja Marina stehen und betrat den riesigen Raum, in dem sich ihr Arbeitsplatz inmitten eines lauten Großraumbüros befand. Dreißig einzelne Arbeitsplätze, jeweils bestehend aus einem schmalen, hohen Aktenschrank, einem relativ kleinen Schreibtisch, zwei Bildschirmen, einem PC-Tower, einem Rollcontainer und einem Bürostuhl mit fünf Rollen wurden von durchschnittsmenschenhohen Sichtschutzwänden eingegrenzt. Die Wände bestanden aus matt lackierten Spanplatten, die angeblich auch den Lärm in der Kabine reduzieren sollten. Doch leider hielten sie fast nur das natürliche Licht ab, das zwar durch große Fenster in den Raum hereinstrahlte, doch in den einzelnen Bürokabinen durch grelles, elektrisches Licht ersetzt wurden, da die Trennwände lichtundurchlässig waren.

Leider ließen sich jedoch die lästernden Kolleginnen von den hohen Sichtschutzwänden nicht zurückhalten, plötzlich neben Darja zu stehen und sie anzufeinden.

Letztlich musste Darja noch nicht einmal etwas falsch gemacht haben, damit Marina sich vor Darja aufbaute und sie wegen ihrer Herkunft oder ihrer späten Arbeitszeiten im günstigen Falle hänselte und im schlechtesten Falle beleidigte. Darja war ein typisch russischer Name, den sie sehr stolz trug. Darja war nach ihrer verstorbenen Großmutter mütterlicherseits benannt worden, die sie abgöttisch geliebt hatte, bis sie vor ein paar Jahren nach einem plötzlichen Schlaganfall gestorben war.

Marina, die aufgrund ihrer Frechheit von den anderen Kolleginnen gefürchtet oder sogar bewundert wurde, sorgte nachhaltig dafür, dass sich fast alle anderen Kolleginnen solidarisch Marina gegenüber aus diesen Streitereien heraus- und von Darja fernhielten. Bis auf ihre direkte Sitznachbarin Elli, die aufgrund ihrer Körperfülle auch von Marina häufiger angegriffen wurde, sprach niemand mit Darja. Da sie ein harmoniebedürftiger Mensch war, bedrückte sie dies sehr, auch, wenn ihr Mann Felix ihr immer wieder ein „Die sind ja nur neidisch auf deine tolle Familie und deine Kraft" mit auf den Weg zur Arbeit gab.

Darja war mit ihren Eltern und ihrer Großmutter erst vor sieben Jahren aus Russland nach Deutschland gekommen. Zu dem Zeitpunkt war sie gelernte Büroangestellte und 24 Jahre alt. Inzwischen sprach sie gut Deutsch, doch ein verräterischer Akzent und ihr landesüblicher Vorname verriet noch immer ihre Herkunft.

Ihren Mann Felix, einen Energieanlagenelektroniker, hatte sie schon kurz nach ihrer Ankunft in Deutschland kennengelernt, als in der ihnen glücklicherweise zugewiesenen Wohnung Elektroarbeiten zu erledigen waren. Sie hatten sich auf Anhieb verstanden und als sie die Wohnung vollständig renoviert und kostengünstig aber komplett eingerichtet hatten, zog sie schon zu Felix. Ein gutes Jahr später wurde geheiratet und ein weiteres Jahr später war sie mit ihrer Tochter Mila schwanger. In diesem Jahr starb auch ihre über alles geliebte Großmutter. Zweieinhalb Jahre später als ihre Tochter kam ihr Sohn Tristan zur Welt.

Es sah nach außen wie eine Bilderbuchehe mit einer Bilderbuchfamilie aus. Doch leider gab es einen Haken: das Geld. Nachdem Darjas Mann einen Bandscheibenvorfall erlitten hatte, musste er sich schonen und vermied es, weiterhin Überstunden zu machen. Auch das Toben mit den lebhaften und bewegungsfreudigen Kindern musste er einschränken, weswegen sie jetzt noch häufiger zu Sportvereinen gebracht werden mussten, die nicht kostenlos waren. Da zu befürchten war, dass ihr Mann nach einem weiteren Bandscheibenvorfall möglicherweise arbeitsmäßig länger, wenn nicht sogar völlig ausfallen würde, war Darja nun sehr froh über ihre flexible Arbeitsstelle, die sie als nicht perfekt Deutschsprechende, einer russischen Berufsausbildung und mit einer Arbeitslosigkeit von über sieben Jahren bekommen hatte. Darja wusste, dass sie unter allen Umständen diese Stelle behalten musste, doch sie fühlte, dass sie ihr alles andere als guttat.

Mit einem mulmigen Gefühl betrat Darja ihre Arbeitskabine. Einen kurzen Moment dachte sie noch an ihren kranken Sohn Tristan. Mit anderthalb Jahren hatte er permanent eine Erkältung oder alternativ Verstopfung mit üblen Bauchkrämpfen. Das solle sich mit dem Alter von alleine regeln, hatte ihr der Kinderarzt versprochen. Ihre ältere Tochter Mila war hingegen fit und gesund und stets gut gelaunt. Immer wieder wunderte sich Darja darüber, wie unterschiedlich die Gene gleicher Eltern bei den Kindern zuschlagen können.

Plötzlich erstarrte Darja. Ihr Bildschirm in ihrer Arbeitskabine war bereits wieder hochgefahren. Als sie noch einmal auf den Monitor schaute, entfuhr Darja ein kurzer, schriller Aufschrei. Was war das?

Ihre etwas ältere, rundliche, doch grundgütige Mitarbeiterin Elli rechts nebenan sprach Darja von hinten an. „Was ist denn los, Darja? Eine Wolfsspinne?"

„Wenn es das bloß wäre", schnaufte Darja, die noch immer gebannt auf den Bildschirm ihres PCs starrte.

„Mir würde das schon reichen. Eine dicke, schwarze Wolfsspinne ist das Ekelhafteste, was ich kenne. Wenn die über meinen Schreibtisch laufen würde, würde ich auch schreien", versuchte Elli Darja zu beruhigen.

„Keine Spinne – aber auf dem Bildschirm. Da, siehst du das, Elli?" Noch immer atmete Darja stockend ein und aus, während sie mit ihrem rechten Finger auf ihren flackernden Bildschirm zeigte.

„Da ist ja ein Totenkopf? Vermutlich war es wieder die Marina, die dir einen Streich spielen wollte." Elli blieb gemütlich ruhig.

„Ich habe gar nichts gemacht, außer brav seit ein paar Stunden gearbeitet, während sich unsere ach so belastete Mutter mit ihren Sonderregelungen einen ruhigen Vormittag gegönnt hat", tönte nun Marinas Stimme hinter Darja.

„Warst du wirklich nicht an meinen PC?", wandte sich Darja nun mit zitternder Stimme direkt an Marina.

„Nein, ich würde nie die Tastatur berühren, die vorher eine Person aus dem dreckigen Russland angefasst hat", beteuerte Marina.

„Marina, kommen Sie bitte mal in mein Büro", rief der Abteilungsleiter durch die Reihen.

Marina war dafür bekannt, äußerst ausländerfeindlich zu sein, zumindest was ihre Einstellung zu Darja betraf. Nicht zum ersten Mal musste sie wegen rassistischer Kommentare zum Abteilungsleiter und hatte sogar schon eine Abmahnung riskiert, die dann aber doch nicht ausgesprochen wurde. Da sie alle jedoch als Berufseinsteiger oder Wiederindenberufgehende in diesem Job nicht viel verdienten, wohl aber stupide, schnelle Leistung abliefern mussten, lag der Schwerpunkt nicht auf ein tadelloses, mobbingfreies, politisch korrektes Benehmen, sondern auf eine kundenorientierte, schnelle Arbeit. Die leistete Marina zu dem niedrigen Lohn genauso wie die anderen Angestellten in diesem Großraumbüro, die ihre Probezeit überstanden hatten. Jeder wusste, dass niemand hier gekündigt würde, denn guter, billiger Ersatz war schwer zu finden.

„Wenn es Marina nicht war, wer hat meinen PC hochgefahren und diesen entsetzlichen Totenkopf auf meinen Monitor geladen?", fragte Darja immer noch an dem Eingang zu ihrem Arbeitsplatz stehend mehr vor sich hin, als ihre Kollegin.

„Das weiß ich nicht. Frag mal in der EDV-Abteilung nach. Vielleicht ist es ein Virus, Trojaner oder so etwas. Die sollen manchmal Totenköpfe auf die Bildschirme produzieren", murmelte Elli gleichgültig und watschelte langsam wieder zu ihrer Arbeitskabine zurück. Die Arbeitszeit war in Anbetracht des großen Kundenstamms einer jeder Mitarbeiterin sehr knapp bemessen.

Darja wäre jetzt ein wenig beruhigt gewesen, wenn ihr PC nicht auch häufig abends merkwürdige Reaktionen gezeigt hätte. Manchmal ging er wieder an, wenn sie sich spätabends gerade ihren Schlüssel schnappte, um aus dem inzwischen leeren Großraumbüro nach mehr oder weniger getaner Arbeit nach Hause zu fahren.

Mit einem energischen Druck auf die Bildschirmtaste rechts unten schaltete sie ihren Monitor mit dem gruseligen Totenkopf aus. Dann warf Darja ihre Handtasche unter ihren Schreibtisch, setzte sich auf ihren Bürostuhl und wählte umgehend die Nummer der EDV-Abteilung. Im Grunde bestand diese Abteilung nur aus einem Informatiker mit seinem

Auszubildenden, der sich um die Rechner und deren Wartung aller Mitarbeiter dieses Unternehmens kümmerte. Und es waren immerhin 173 Angestellte. Auch er und sein Auszubildender standen daher ständig unter Zeitdruck.

Darja vermutete daher, dass sie wohl kaum jemanden telefonisch antreffen würde und suchte schon die Nummer deren Betriebssmartphones heraus. Da nahm schon jemand das Telefon ab. „Ja, Darja, was gibt es?"

„Hallo, Thomas, wie schön, dass ich dich antreffe. Mein Computer benimmt sich komisch. Gerade, als ich zur Arbeit kam, war er an und zeigte einen Totenkopf auf dem Bildschirm."

„Hi, Darja. Das könnte ein Virus sein. Hast du etwa heute Morgen noch mit ihm gearbeitet?" Sorgen und ein stockender Schreck schwangen in Thomas' Stimme mit.

„Nein. Ich komme doch immer erst recht spät. Ich bin also gerade erst angekommen", stotterte Darja unaufmerksam. Gerade hatte sich ihr Bildschirm wieder von selbst angeschaltet und zeigte den Totenschädel jetzt wieder – allerdings in einer blutroten Farbe. „Und außerdem", ergänzte sie mit fast hektischer Stimme", ist der PC ausgeschaltet. Doch diese Ergänzung hatte Thomas aus der EDV nicht mehr mitbekommen, denn er sprach im Hintergrund bereits mit einem ihrer Chefs. Müde beendete Darja das Gespräch.

Mit einem Schwung trat sich Darja, auf dem Schreibtischstuhl mit Rollen sitzend, instinktiv vom Bildschirm weg, so dass ihr Bürostuhl mit

Schwung an die hintere Trennwand stieß. Ein dumpfer Knall war zu hören, der sicher im ganzen Großraum vernommen werden konnte.

„Alles in Ordnung?", hörte Darja wie unter Wasser erneut die Stimme ihrer Arbeitskollegin Elli.

„Ja, ja, alles gut. Nur, da auf dem Bildschirm...", wieder musste Darja sich darauf konzentrieren, ihre vor Schock zitternde Stimme zu beruhigen. Sie schaute inzwischen auf den Boden und versuchte, mit tiefen Zügen beruhigende, kühle Luft in sich hereinzusaugen.

„Auf deinem Bildschirm? Da sehe ich nichts. Da ist es nur schwarz. Er ist doch ausgeschaltet", wunderte sich Elli.

„Aber da ist doch eine blutrote...", Darja schaute nun wieder auf und sah tatsächlich nichts.

Der Bildschirm ihres Computers war in der Tat ausgeschaltet und daher schwarz. Das Licht an ihrem Monitor signalisierte leuchtend blinkend, dass dort der Knopf zum Anschalten des Bildschirms wäre.

„Mensch, Mädel, hast du etwa Stress zu Hause oder sind es die Foppereien von Marina? Du darfst das nicht so nah an dich heranlassen, Darja. Du solltest Marina bemitleiden, denn sie tut das alles nur, weil sie neidisch darauf ist, dass du Kinder hast und sie nicht", versuchte die freundliche Mitarbeiterin sie auf ihre eigene Art und Weise wieder zu beruhigen.

„Ich weiß", antwortete Darja dankbar, doch nicht beruhigt. Was hatte sie gerade auf dem Bildschirm gesehen? Litt sie bereits unter Halluzinationen? War der Stress zu Hause mit dem häufig kranken Sohn und der Arbeitsstelle mit den täglich bissigen Anfeindungen von Marina tatsächlich zu viel für sie? Sie hoffte inständig, dass Thomas, der Virenfachmann für Computer, sie beruhigen und eine Erklärung für diese Horrorbilder auf ihrem Bildschirm finden würde. Es war Darja leider nicht möglich, die Sorgen um ihre Kinder oder aber die Arbeitsstelle aufzugeben.

„Muss wohl so sein", murmelte Darja und drückte ihren Bürostuhl mit den Füßen noch stärker gegen die rückwärtige Bürotrennwand. Sie hoffte nur, dass Thomas, der firmeninterne EDV-Freak, auftauchen würde und darin eine ganz natürliche Erklärung für den Spuk auf ihrem Bildschirm präsentieren könnte.

Doch dieser ließ auf sich warten – ganz im Gegenteil zu ihrer Arbeit. Kaum war Elli aus ihrem Eingang verschwunden und sorgenvoll stirnrunzelnd zu ihrer eigenen Arbeitskabine zurückgekehrt, da schellte auch schon Darjas Bürotelefon.

Ihren Bildschirm argwöhnisch bis panisch im Auge behaltend, so als handele es sich um eine hochgiftige, australische Trichternetzspinne, rollte sich Darja auf ihrem Stuhl wieder an den Schreibtisch heran.

Mit zitternder Hand nahm sie den leichten Hörer ab und meldete sich wie gewohnt: „Firma Kesselker GmbH, Darja Wiese am Apparat. Einen schönen guten Tag. Was kann ich für Sie tun?"

Eine kurze, stille Pause von ungefähr fünf Sekunden entstand, in der Darja sich schon auf einen horrorähnlichen Spukschrei einstellte. Das würde haargenau zu der Stimmung passen, in der sie sich gerade befand. Marina war ihr nicht geheuer, ihr Bildschirm enthielt Horrorviren und auch das unübersichtliche Großraumbüro mit seinen verschachtelten Arbeitskabinen, Trennwänden und den dunklen Ecken gruselte sie sehr, sobald all ihre Kolleginnen nach Hause gegangen waren.

Es war Herbst und jeden Tag wurde es früher – viel zu zeitig – dunkel. Die Stille, die jedes kleinste Geräusch durch den großen Raum jagte sowie die im Neondeckenlicht flackernden Schatten trieben Darja regelmäßig Gruselschauer durch den Körper. Wie so häufig drehte sie sich ängstlich um, prüfte den Eingang ihrer Bürokabine, um sicher sein zu können, dass ihr in dieser Sekunde kein Lebender oder Toter auflauerte.

Jemand am anderen Ende der Leitung holte tief Luft, wobei es in der Lunge der Person laut hörbar rasselte. „Ich werde bald sterben", meldete sich endlich eine ältere Dame.

„Es tut mir sehr leid, das zu hören. Sind sie krank?", fragte Darja höflich nach. Sie musste zugeben, dass auch diese Konversation in ihre schaurige und zu ihrer niedergeschlagenen Stimmung passte.

„Ja. Lungenkrebs. Sie rauchen doch wohl nicht, junge Frau?"

„Nein, ich habe zwei kleine Kinder. Das wäre nicht so gut", antwortete Darja brav.

„Es ist Teufelszeug – den Tabak meine ich. Hätten wir damals gewusst, was wir uns mit dem Rauchen antun... Doch damals dachten wir uns nichts dabei." Die ältere Dame am Telefon hustete, röchelte dann und hustete wieder.

Darja konnte körperlich fast mitempfinden, wie der Schleim aus der Lunge der Frau durch ihr Husten die Atemwege hochgetrieben wurde.

Als sich die ältere Dame am Telefon beruhigt hatte, wurde es wieder still in der Leitung.

„Wir, die Leute meine Generation meine ich, wissen leider auch nicht, welche Folgen unser heutiges Verhalten auf uns später einmal haben wird", nahm Darja einfühlend das Gespräch wieder auf.

„So wahr, so wahr", stöhnte die ältere Frau am Telefon mit knatternder Stimme.

Darja holte tief Luft. Offensichtlich war die Gesprächspartnerin ihr Hauptanliegen jetzt hinreichend losgeworden. Nun war es an der Zeit, nach dem Grund ihres eigentlichen Anrufes zu forschen.

„Sie haben mich von in der Fa. Kesselker GmbH angerufen. Hatten Sie eine Frage zu Ihrer Lieferung oder Rechnung? Gerne helfe ich Ihnen weiter", begann Darja nun, das Thema wieder auf betriebliche Belange zu lenken.

„Ah, ja, liebe Dame. Das ist richtig. Ich habe eine Mahnung von Ihnen bekommen. Daher rufe ich an. Ich möchte jetzt gerne mein Geld zusammenhalten, damit meine Tochter nicht so sehr mit meinen Beerdigungskosten belastet wird. Wissen Sie, sie ist alleinerziehend mit zwei Kindern. Sie haben doch auch zwei Kinder, haben sie vorhin erzählt? Dann können Sie sicher verstehen, dass meine Tochter ohne Mann und Vater und mit einer totkranken, bald pflegebedürftigen Mutter nicht arbeiten gehen kann. Sie dreht jeden Cent um, damit ihre Kinder so halbwegs mit ihren Freunden mithalten können. Doch es reicht vorne und hinten nicht. Sie bekommt Geld vom Staat, wissen Sie? Ach, meine arme Kleine!“ Die alte Dame begann tatsächlich, zu weinen. „Können Sie bitte nicht einfach die Mahnung zerreißen? Es ist nur ein kleiner Betrag. Ich werde bestimmt nichts mehr bei Ihnen kaufen, das ich nicht bezahlen kann“, bettelte die ältere Dame schluchzend.

„Ich...“ Darja stockte. Sie war nicht ermächtigt, irgendetwas zu buchen. Nur nicht zuordnungsbare Zahlungseingänge konnte und sollte sie mit dem richtigen Kundenkonto und der entsprechenden Rechnung verknüpfen. Noch nicht einmal die Mahngebühren hätte sie stornieren können. In diesem Unternehmen mit über siebzig Kundensachbearbeitern gab es ebenso genaue wie teilweise starre Regelungen, die menschliches Handeln und das Akzeptieren von

Sonderregelungen nicht erlaubten. Darja musste so reagieren, wie es ihr vorgeschrieben worden war.

Sie schluckte. „Gerne kann ich auf Ihr Kundenkonto schauen und den offenen Betrag mit Ihnen abgleichen. Unter Umständen kann ich auch Ihre Zahlungsfrist verlängern", schlug sie ausweichend vor, wohlwissend, dass sie an der Bitte von der Gesprächspartnerin vorbeiredete. „An der Mahnung und der Rechnung kann ich hingegen nichts mehr ändern. Sie sind automatisch gebucht worden und darauf habe ich keinen Zugriff", ergänzte sie daher noch schuldbewusst.

Darja schämte sich, der todkranken, alten Frau kein Entgegenkommen anbieten zu können und zu dürfen, doch sie wusste nicht, wie sie es hätte ändern können.

„Mein Name ist Margarete Parschski – wie das Sportgerät: ‚Ski‘ am Ende", weinte die ältere Dame ins Telefon. „Doch Sie brauchen nicht auf mein Konto zu schauen, ich weiß genau, wieviel ich Ihnen schulde: 34,50 Euro zuzüglich der Mahngebühr von 2,00 Euro. Das wären zusammen 36,50 Euro. Ich selbst habe nur wenig Ersparnisse und da ich erst vor ein paar Tagen erfahren habe, dass ich bald ein Pflegefall und auch in nicht so langer Zeit sterben werde, möchte ich so gerne wenigstens diese Ersparnisse an meine Tochter vererben können. Kann man da wirklich nichts machen?", bettelte die kranke Dame.

„Ich… ich kann noch mal in der Buchhaltung nachfragen, ob wir Ihnen wenigstens die Mahngebühren erlassen können", log Darja. Sie wusste, dass Nachfragen wegen Preisnachlässen nichts bringen würden und sie würde es auch deswegen nicht einmal versuchen.

„Ich danke Ihnen ganz herzlich für Ihre Mühe und Ihre Zeit. Für mich und meine Tochter zählen jetzt der Pfennig und zwei DM sind schon fast ein vollständiges Essen."

Darja verzichtete, die ältere Dame darauf hinzuweisen, dass der Pfennig vor Kurzem im Rahmen des EU-Währungsabkommens von dem Cent und die DM von dem Euro abgelöst worden war.

„Soll ich mich morgen nochmals bei Ihnen melden und fragen, was Sie erreichen konnten?", fragte die ältere Dame mit einem hoffnungsvollen Unterton nach.

„Das ist nicht nötig, Frau Parschski. Wenn wir Ihnen die Mahngebühren erlassen können, schreibe ich Ihnen das sofort." Verdammt, Darja biss sich auf die Lippe. Sie fühlte sich wie ein verlogenes Miststück, obwohl sie genauso reagieren sollte. Das war ihr in der zweitägigen Eingangsschulung eingebläut worden. Jeder andere Mitarbeiter in ihrer Situation hätte genauso reagiert. Doch diese Gewissheit tröstete Darja nicht und Frau Parschski erst recht nicht.

Sie beendeten daraufhin das Gespräch sehr zügig. Es gab nichts mehr zu sagen. Darja konnte Frau Parschski nicht helfen.

Doch Darja konnte sich mit dem Telefonat auch nicht mehr weiter befassen, denn Thomas, der

EDV-Verantwortliche in ihrer Firma, hatte ihre Arbeitskabine betreten.

„Und wo ist nun der Virus?", fragte er sachlich nach.

„Vorhin auf dem Bildschirm. Erst ein schwarzer Totenkopf, dann ein roter und dann war er plötzlich weg", erklärte Darja in kurzen Worten und merkte selbst, dass es sich ein wenig verrückt anhörte.

Ein prüfender Blick von Thomas wanderte zu ihr herüber. „So, so, erst schwarz, dann rot und dann weg. Von solch einem Virus habe ich bisher noch nichts gehört", murmelte Thomas dann ungläubig.

„Nein, ich habe weder zu viel gebechert gestern, noch Halluzinationen, um deinen Fragen zuvorzukommen", stellte Darja erst einmal klar, wobei sie am Letzteren tatsächlich selbst zweifelte. Sie hatte in letzter Zeit wenig geschlafen und Schlafmangel konnte so einiges in Menschen auslösen – hatte Darja mal irgendwo gelesen oder gehört.

„Dann lass mich mal ran", meinte Thomas sachlich.

Sofort und nur zu gerne sprang Darja aus ihrem Bürostuhl auf und überließ ihn dem EDV-Fachmann. Thomas setzte sich breitbeinig darauf und schaltete sofort auf dem Bildschirmknopf herum. An und aus – an und aus. Doch es zeigte sich nichts – kein Totenkopf, weder schwarz noch rot noch andersfarbig.

Dann schob sich Thomas auf dem Drehstuhl ein wenig zurück und schaute auf den Tower unter dem Schreibtisch. „Oh Mann, dein Computer ist doch gar nicht eingeschaltet. Da kann der Virus nicht einfach irgendetwas anzeigen." Sofort stand Thomas auf. „Ich traue dir eigentlich nicht zu, dass du einen dummen Scherz mit mir machen wolltest. Doch, wie auch immer, schalte bitte vorher den Tower ein, bevor du glaubst, Totenköpfe zu sehen. Ich bin sehr beschäftigt." Ohne Gruß stand der EDV-Fachmann auf und verließ wütenden Schrittes Darjas Arbeitskabine.

Ratlos und erschöpft ließ sich Darja wieder auf ihren Schreibtischstuhl fallen. Niemand sonst außer ihr hatte diese Totenköpfe gesehen. Fing sie wirklich an, verrückt zu werden und Sachen zu sehen, die nicht wirklich da waren? Oder spukte es tatsächlich in dem Großraumbüro? Oft hatte sie schon für sich unerklärliche Geräusche gehört, doch eigentlich glaubte sie nicht an paranormale Geschehnisse. Sie glaubte noch nicht einmal an ein Weiterleben der Seele nach dem Tod und noch weniger, dass diese Geister irgendwie mit der diesseitigen Welt in Verbindung stehen konnten.

Darja schüttelte ihren Kopf. Sie sollte jetzt mal ganz sachlich an ihre Arbeit gehen und den Unsinn mit den Totenköpfen vergessen.

Vorsichtig drückte sie den Power-Knopf ihres Computers. Im Grunde rechnete sie nicht mehr damit, dass etwas Ungewöhnliches oder sogar Erschreckendes geschehen würde. Sie glaubte langsam eher an ihren Schlafmangel, ihren hohen

Stresspegel und den damit verbundenen eingebildeten Bildern.

Brav und ohne weitere Zwischenfälle fuhr ihr PC hoch und wartete störungsfrei auf den arbeitsreichen Tag.

Als Darja auch an diesem Tage spätabends von der Arbeit nach Hause kam, verdrängte sie das Erlebnis mit den Totenköpfen und berichtete auch Felix nichts davon. Wie jeden Abend hatten sie sich mit einem Glas Wein zusammengesetzt, um über den Tag, die Kinder und die Arbeit zu sprechen. Ein wenig Ehezeit.

Als Darja ihrem Mann von Frau Margarete Parschskis Anruf berichtete, breitete sich in ihr ein sehr ungutes Gefühl aus.

„Ich hätte ihr so gerne geholfen, doch leider ist dies nicht möglich. Die Welt ist kalt geworden und ich in ihr ebenso", stellte Darja fest.

„Wenn die Unternehmen ständige Ausnahmen machen würden, wären sie ein Wohltätigkeitsverein", erklärte Felix kurz. „Außerdem würden sie mit ihren Mahnungen nicht mehr ernst genommen und könnten bald dicht machen. Viele würden ihre Arbeitsstellen verlieren, die ihr Geld auch dringend benötigen", versuchte Felix seine Frau zu beruhigen.

„Ja, das stimmt schon. Aber dennoch habe ich das Gefühl, dass es herzlos von mir war, diese Frau kurz vor ihrem grauenhaften Tod einfach kühl abzuwimmeln. Es fühlt sich nicht richtig an und ich habe ein schlechtes Gewissen", erklärte Darja.

„Menschlich gesehen hast du durchaus Recht. Weißt du was?" Felix' Stimme wurde euphorisch. „Morgen überweist du das offene Geld von unserem Bankkonto mit dem Vermerk, dass es für den ausstehenden Betrag von dieser Frau Parschski ist, auf das Firmenkonto. Dann kannst du die Dame benachrichtigen, dass alles beglichen ist", schlug Felix verständnisvoll vor.

„Das wäre wirklich in Ordnung für dich? Obwohl du so viel dafür tun musst, damit wir über die Runden kommen?" Darja fielen wieder die Anschuldigungen ihrer feindlich gesonnenen Mitarbeiterin Marina im Büro ein. „Du arbeitest selbst so hart und betreust nachher noch zwei Kinder, wovon eines ständig krank und daher jämmerlich ist. Danach hörst du dir am späten Abend noch meine Sorgen an und...", sprudelte Darja herunter.

„Stopp, Mäuschen. Wir beide tun das alles, damit es uns allen gut geht. Wenn es dir besser geht, wenn wir dieser armen Dame helfen, so ist das genau das, wofür wir alle arbeiten."

Erleichtert umarmte Darja ihren Mann. Ein riesiger Gesteinsbrocken war ihr vom Herz gefallen. Plötzlich machte sich auch ihre Müdigkeit der letzten schlafarmen Nächte bemerkbar. Darja gähnte herzhaft.

„Geh du ruhig schon ins Bettchen. Ich schaue nochmal in die Zimmer der Kinder, räume kurz die Gläser weg, putze mir die Zähne und komme dann auch", schlug Felix liebevoll vor. „Sollte etwas mit unserem Sohn sein, kümmre ich mich heute Nacht darum."

Müde und dankbar nickte Darja. Gerne nahm sie heute nach ihren vermutlich durch Übermüdung eigenkreierten Totenköpfen Felix' Angebot an. Eigentlich hatte sie doch ein wunderbares Leben mit zwei tollen Kindern und einem fantastischen Ehemann.

Darja hatte gehofft, dass sie ihre Arbeit im Großraumbüro nach einer durchgeschlafenen Nacht als weniger gruselig und belastend empfinden würde. Doch es änderte leider nichts an ihrer Einstellung und ihren Gefühlen.

Als um 16:15 Uhr wie immer ihre Kolleginnen nahezu fluchtartig und gleichzeitig das Großraumbüro verließen, blieb Darja wie immer einsam zurück. Ihr Chef hatte zwei Wochen Urlaub. Natürlich könnte es noch sein, dass andere Mitarbeiter, wie Thomas im Gebäude waren, doch es war eher unwahrscheinlich. Überstunden waren in diesem Unternehmen weder erwünscht noch üblich. Und Gleitzeit gab es hier auch nicht.

So nutzte Darja die Zeit, um schnell die Überweisung des offenen Betrages von Margarete Parschski an das Unternehmen per Onlinebanking zu überweisen. Eigentlich war es verboten, private Dinge an dem betrieblichen Computer zu erledigen, doch diese Überweisung drückte Darja unter dem Nagel. Dann könnte sie gleich die arme Dame darüber informieren, dass der Betrag ausgeglichen sei. Außerdem war die Überweisung nicht wirklich nur privat.

Die Überweisung funktionierte reibungslos und Darja war plötzlich erleichtert und beschwingt. Sofort fing sie an, einen Brief an Frau Parschski zu schreiben, um sie darüber zu informieren, dass ihr der Betrag doch in diesem speziellen Falle erlassen worden wäre. Auch nicht ganz im Sinne der Firma, doch der musste den ganzen Vorgang erst einmal auffallen. Letztlich war der Betrag beglichen.

Ein Telefonanruf ging für Darja ein. Nach ihrer üblichen Art meldete sie sich und hoffte fast, Frau Margarete Parschski würde sie doch noch einmal kontaktieren, dann könnte sie sich den verräterischen Brief sparen. Doch eine junge Frauenstimme meldete sich. „Guten Tag, hier ist Andrea Parschski. Ich wollte Sie davon in Kenntnis setzten, dass meine Mutter gestern Abend verstorben ist."

Schweigen in der Leitung. Entsetzen seitens Darja.

„Mein tiefes Beileid", brachte Darja hervor.

„Nun ist sie erlöst. Sie war schwerkrank." Andrea Parschski machte eine kurze Pause, in der Darja nicht wusste, was sie erwidern sollte. Wie sollte man auf so etwas Unbegreifliches und Entsetzliches nur halbwegs taktvoll reagieren? Auch, wenn man weiß, dass die geliebte Person sterben wird, so ist der endgültige Schnitt nicht wirklich weniger grauenvoll und gruselig zugleich.

„Wie auch immer. Ich wollte Sie nur bitten, das Kundenkonto meiner Mutter zu löschen."

„Ja, klar. Ihre Mutter hatte gestern noch bei mir angerufen", stotterte Darja und war heilfroh, der Tochter nicht noch mitteilen zu müssen, dass noch ein offener Betrag auf dem Konto war, den es zu begleichen galt.

„Ich weiß. Meine Mutter sagte, dass sie noch eine Mahnung von Ihnen bekommen hätte und deswegen mit Ihnen sprechen wollte. Wissen sie, meine Mutter hatte sehr wenig Geld und ich bin alleinerziehend und daher...", nun stockte Andrea Parschski.

„Ihre Mutter hat es mir erzählt. Das alles tut mir sehr leid. Gestern konnte ich Ihrer Mutter leider keine Hoffnung machen, doch heute hätte ich ihr und kann jetzt Ihnen mitteilen, dass der Betrag ausgeglichen wurde."

Andrea Parschski lachte traurig auf. „Das ist schön, aber leider zu spät. Ich habe gestern auf Wunsch meiner Mutter den offenen Betrag über mein Online-Banking bezahlt. Sie ahnte wohl, dass es eilig war und sie hasste unerledigte Angelegenheiten." Wieder lachte Andrea Parschski bitter auf.

„Dann kann ich Ihnen den Betrag zurücküberweisen, denn nun wurde er doppelt bezahlt", beeilte sich Darja anzubieten.

„Doppelt bezahlt? Ich dachte, er wurde meiner Mutter erlassen? Wenn Sie wollen, können Sie mir den Betrag natürlich zurücküberweisen oder ihn anders verbuchen. Meiner Mutter war es nur wichtig, alles geklärt zu haben."

Darja schluckte. Es war zu spät. Mit Frau Margarete Parschski konnte sie nichts mehr klären, sie nicht mehr beruhigen und ihr auch nicht mehr helfen. Offensichtlich war ihr diese Angelegenheit doch sehr wichtig gewesen.

„Danke in jedem Falle und ich wünsche Ihnen noch einen schönen Tag", beendete die Tochter von Frau Parschski schnell das Gespräch.

Unbewegt hielt Darja noch den Telefonhörer in der Hand, obwohl sie schon das Klicken der Gesprächsbeendigung vor einer Zeitlang vernommen hatte. Natürlich würde sie das Geld an die Tochter zurücküberweisen lassen, doch warum nur war sie nicht gestern entgegenkommender gewesen – hatte der sterbenden Frau Margarete Parschski nicht noch eine Sorge genommen? Sie wenigstens beruhigt und später nach einer Lösung gesucht. Offensichtlich hätte es ja durchaus eine gute Lösung gegeben. Doch diese war einen Tag zu spät gekommen.

Auch über Darjas Wangen liefen Tränen. Tränen der Enttäuschung über sich selbst und des Mitleids mit dieser armen Frau.

Plötzlich ertönte ein lauter Knall an einem Fenster. Panisch schreckte Darja hoch und wartete auf das klirrende Geräusch, wenn eine Fensterscheibe zerspringt. Doch dem enorm lauten Knall folgte kein weiteres Geräusch.

Intuitiv und schwer atmend rannte Darja zu den großen Fenstern und inspizierte sie, während sie hektisch von einem zum anderen lief. Nichts. Kein sichtbarer Fleck, keine Delle, kein Sprung und kein

Kratzer. Ob ein Vogel dagegen geflogen war? Aber auch dann müsste man wenigstens einen leichten Abdruck von seinem gefetteten Gefieder außen auf der Glasscheibe erkennen können. Nichts. Jede der großen Fensterscheiben waren klar, als seien sie gerade erst fachmännisch geputzt worden.

Plötzlich blieb Darja atemlos stehen. In der hintersten, linken Ecke vom letzten Fenster bildete sich von innen etwas an der einen Glasscheibe ab. Man sah es kaum. Langsam ging Darja näher heran. Sie erkannte einen Händeabdruck mit fünf Fingern. Ein schwacher Abdruck, doch es war ganz klar eine Hand.

„Hallo?", fragte Darja mit zitternder Stimme in den Raum herein. Es konnte eigentlich niemand mehr hier sein – die Lebenden hatten vorhin hektisch diesen Ort verlassen. Wie froh wäre sie über ein „Ja!" gewesen. Selbst, wenn dies von ihrer sie mobbenden Kollegin Marina gekommen wäre.

Da, wieder ein Knall. Und ein Splittern – Zerspringen von Glas oder Porzellan. Hektisch prüfte Darja die Fenster, bei denen sie noch stand und die sie noch im Blick hatte. Sie waren nach wie vor intakt. An den anderen Seiten des Großraumbüros gab es kein Fenster mehr, sondern nur Türen zum Treppenhaus und den Büros.

Langsam schlich Darja durch die Gänge des Großraumbüros. Was und wo war etwas zu Bruch gegangen? Plötzlich fiel ihr die Küchenzeile auf der anderen Wandseite an, auf der zwei Kaffeemaschinen mit Glaskannen und im

Hängeschrank einige private Tassen standen. Wenn diese Teile zu Boden fielen, könnten sie solch ein Geräusch verursacht haben, auch, wenn Darja nicht wusste, wie dies passiert sein könnte.

Zielsicher steuerte sie nun diese Küchenzeile an. Langsam, sich ständig sorgsam umschauend, schritt sie weiter die Gänge zwischen den Trennwänden und den Arbeitskabinen ab. Nichts war zu hören, außer ihren Schritten auf den Fliesen, das laute Surren der Leuchtstoffröhren an der Decke und die leise Belüftung ihres Towers in der Ferne.

Je mehr sich Darja der Küchenzeile näherte, umso nervöser wurde sie. Was würde sie dort erwarten? Zersprungenes Glas, zerbrochene Tassen oder gar nichts? Im ersten Fall wusste sie nicht, wie sie das erklären sollte – sich und den Kolleginnen morgen. Im zweiten Falle befürchtete sie, vor Grusel schreiend aus dem Großraumbüro zu rennen.

Noch ein Gang entlang und sie konnte die Küchenzeile sehen. Langsam schob Darja ihren Kopf um die Trennwand. Sie sah die weiße Küchenzeile, sie erkannte die Kaffeemaschinen mit ihren Glaskannen. Zuerst blickte sie auf die Hängeschränke mit den geschlossenen Türen. Dann überprüften ihre Augen den Boden davor. Nichts. Sauber, leer, ohne jegliche, sichtbare Glasscherbe.

Darjas Haare richteten sich nun spürbar auf und ein kalter Schauer jagte durch ihren aufgeputschten Körper. Am liebsten würde sie in ihrer aufsteigenden Panik nach Hause gehen – alles stehen und liegen lassen – nur weg hier. Doch das ging nicht. Ihre Arbeitszeit war noch lange nicht zu Ende. Selbst, wenn sie sich heute krankmelden würde, würden der Grusel und die unerklärlichen Vorgänge sie an den anderen Tagen einholen.

Langsam schlich sich Darja wieder durch die labyrinthartigen Gänge zu ihrer Arbeitskabine zurück. Als sie sich gerade erleichtert auf ihren Bürostuhl setzen wollte, erschrak sie und schrie auf. Ihr Wasserglas war zersprungen und über ihren ganzen Schreibtisch verteilten sich Glassplitter. Einige glitzerten ihr sogar auf dem Boden entgegen.

Während sie sich die Verwüstung anstarrte, suchte sie fieberhaft nach einer natürlichen Erklärung. Glücklicherweise hatte sie vorhin schon das Wasser ausgetrunken und keines mehr nachgeschüttet. Sonst wäre möglicherweise auch ihre Tastatur gewässert worden und unbrauchbar.

Kalte und heiße Schauer jagten abwechselnd über ihren Rücken. Darja schaute wie paralysiert die Scherben an. Wie kann so etwas von selbst geschehen? Wie ist der Knall an der Scheibe zu erklären? Wie kamen die Fingerabdrücke auf die Scheibe, obwohl niemand mehr hier war?

Ihr Telefon schellte. Ein Kunde wollte eine Reklamation loswerden. Darja traute sich nicht, die Tastatur zu bedienen, denn sie wollte zuerst sicher gehen, dass sich kein Glassplitter auf ihr befand, der sie verletzten könnte. Sie versprach einen Rückruf in zehn Minuten.

Langsam begann sie, ihren Schreibtisch zu säubern. Die Büroreinigungsfirma kam zwei Mal die Woche, also erst morgen Abend. Sie wischten dann mit Maschinen, so dass Darja nicht noch den Boden von den Glassplittern befreien musste, damit niemand verletzt wurde. Außerdem war sie ja dann auch noch da und konnte das Reinigungspersonal vor den Glassplittern warnen.

Das sorgfältige Entfernen der Glassplitter von ihrem Schreibtisch war mühsamer, als sie vermutet hatte. Akten, Bildschirm, Tastatur und diverse andere Schreibtischutensilien mussten nach diesen Splittern abgesucht, geschüttelt, weggestellt und wieder zurückgestellt werden. So waren die zehn Minuten knapp bemessen, hatten sie jedoch dazu angespornt, das Chaos zügig zu entfernen und ihren Grusel ein wenig aus ihrem Fokus zu verbannen.

Zu guter Letzt entschied sich Darja doch, auch zu überprüfen, ob ihr Tower unter dem Tisch Glassplitter abbekommen hatte und den Boden zu reinigen. Auf gar keinen Fall wollte sie riskieren, diese gefährlichen Glassplitter in ihre Schuhsohlen zu treten und sie so durch das Unternehmen oder womöglich auch noch mit nach Hause zu schleppen. Die möglichen Verletzungsgefahren für sie, Felix und ihre Kinder mochte sie sich gar nicht erst ausmalen.

Diese Putz-, Umräum- und Kontrollieraktion hatte Darjas Aufmerksamkeit so sehr in Anspruch genommen, dass sie wieder ziemlich gefasst war, als sie den Kunden wie versprochen zurückrief.

Allerdings fiel Darja während ihres Gesprächs auf, dass ein Zettel mit den unternehmensinternen Rufnummern und E-Mail-Adressen, den sie sich an eine Kork-Pinnwand an die weiße Trennwand vor ihrem Schreibtisch zur ständigen schnellen Sicht mit einem Pin aufgehangen hatte, plötzlich vor ihren Augen flatterte. War der Spuk etwa noch nicht zu Ende? Was war heute bloß los?

Halbherzig kurz notierte sich Darja die Reklamation des Kunden, entschuldigte sich kurz angebunden und versprach einen Rückruf in den nächsten Tagen. Dann beendete Darja schnell das Gespräch, ehe der Kunde noch bemerkte, wie schwer sie atmete.

Darjas Nerven waren zum Zerreißen gespannt. Sie sah den flatternden Zettel an der Pinnwand, der sich deutlich von anderen weißen Zetteln daneben an eben dieser Korkwand abhob, da die anderen Blätter so unbewegt dort hingen wie immer.

Am liebsten hätte Darja um Hilfe gerufen, doch wer sollte um diese späte Uhrzeit noch in dem Unternehmen sein?

Das war ihr Fluch, der von ihren Mitarbeiterinnen beneideten und zumindest von Marina missgönnten Arbeitszeitverschiebung in die späten Nachmittags- und Abendstunden.

Apropos Fluch: Darja, die bis zu diesem Tage an übernatürliche Phänomene nicht geglaubt hatte, begann langsam, an ihrer Überzeugung zu zweifeln. Was, wenn diese Geschehnisse an diesem Tage keine Hirngespinste oder Halluzinationen von ihr waren? Was, wenn diese Horrorvorgänge natürlich nicht erklärbar waren, nicht alle und nicht das plötzliche gesamte Auftreten all dieser Mysterien? Wollte sich jemand an ihr rächen, sie in den Wahnsinn treiben, sie zu Tode erschrecken?

Tod – ein gutes Stichwort, denn Darja fiel sofort Frau Margarete Parschski ein, die sie gestern kurz vor ihrem plötzlichen, jedoch nicht wirklich unerwarteten Tod trotz besseren Wissens kaltherzig angelogen und abgewimmelt hatte.

Gab es tatsächlich rachsüchtige Geister, die keinen Frieden im Jenseits fanden und Vergeltung forderten? Doch sie, Darja, hatte es doch wieder gut gemacht, denn sie würde der Tochter von Frau Parschski den Betrag wieder zurücküberweisen. Das war doch im Grunde das, um das Frau Parschski gebeten hatte? Ihre Tochter sollte den Betrag für die Beerdigung ihrer Mutter erhalten.

Während sich Darjas Körper erneut mit einer kaltschweißigen Gänsehaut überzog, realisierte sie nicht, dass sie inzwischen an Geister und somit an ein Leben nach dem Tod zu glauben begann. Darja bemerkte auch nicht, dass sie sich dem Übernatürlichen nun zu öffnen begann. Noch hoffte sie auf eine natürliche Erklärung dieses einsam tanzenden Zettels auf ihrer Pinnwand, auch wenn sie daran kaum noch zu glauben wagte.

Mutig stand Darja auf, beugte sich über ihren Schreibtisch und näherte sich langsam mit ihrer rechten Handfläche dem flatternden Blatt. Jeden Moment rechnete sie inzwischen mit einem Widerstand, einer Hand oder einem unsichtbaren Objekt, das dieses Blatt zum Zittern brachte. Die letzten Stunden in diesem Großraumbüro hatten sie das Fürchten gelehrt und den Glauben an paranormale Geschehnisse in ihr eröffnet.

Doch Darja konnte hinderungsfrei mit ihrer rechten Handfläche das Blatt an die Pinnwand drücken. Sie spürte keinerlei Widerstand und leider auch keinen deutlichen Durchzug, der das Wedeln dieses Zettels erklärt hätte. Obwohl selbst die Luft in einer Arbeitskabine mit hohen Trennwänden und einem nur kleinen Zugang höchst erstaunlich gewesen wäre.

Nach einigen Sekunden löste sie ihre Handfläche wieder von diesem Zettel. Zu Darjas Schrecken fing er langsam wieder an, zu zappeln, und nur er. Die anderen Zettel rechts und links an der Pinnwand daneben hingen unbeeindruckt schlaff herab.

Nun reichte es Darja. Inzwischen sicher, es mit einer übermenschlichen, ihr nicht wohlgesonnenen Macht zu tun zu haben, tippte sie kurz eine Krankmeldungsmail an ihren Chef, schob die Akten auf einen Haufen, fuhr ihren PC eilig herunter, ergriff ihre Damenhandtasche und verließ ihre Arbeitskabine.

Sie hastete die Gänge im Großraumbüro auf den Ausgang zu, da kam ihr der Gedanke, das flatternde Blatt neben seinen schwerfälligen Kollegen an der Pinwand zu filmen, damit man ihr im Falle einer Beweisführung wofür auch immer Glauben schenken würde und vor allem, damit sie ihren eigenen Sinnen vertraute. Sie fing langsam an, an ihrem Verstand und ihrer gesunden Geistesverfassung zu zweifeln. Auf dem besten Wege dahin befand sie sich bereits, als sich die beiden Totenkopfschädel auf ihrem Bildschirm niemand anderem gezeigt hatten und deren Erscheinen völlig ungeklärt geblieben war.

Also kehrte sie um und hastete nun wieder auf ihren Arbeitsplatz zu, während sie gleichzeitig ihr Smartphone aus der Seitentasche ihrer Handtasche zog. Doch als sie eilig ihre Arbeitskabine betrat, blieb fast ihr Herz stehen. Nun bestand für Darja kein Zweifel mehr: Entweder gab es tatsächlich Geister, die die Dinge außerhalb von Darjas Sinne zu tun imstande waren oder der Wahnsinn hatte sich jetzt tatsächlich in ihr Gehirn gefressen.

Darja starrte fassungslos an das Telefonblatt an ihrer Korkpinnwand. Jetzt, da sie sich zur Flucht entschieden hatte, hing das Blatt brav neben den anderen und zuckte nicht einmal mehr.

Völlig verheult betrat Darja ihre heimische Wohnung. Sie war verzweifelt. Das fröhliche Kinderlachen aus dem Wohnzimmer wirkte nahezu grotesk auf Darja. Sie erlebte gerade einen klischeebesetzten Horrorfilm – ihren eigenen.

Ihr Mann Felix erschien strahlend in der Wohnzimmertür und begrüßte sie: „Hi, Mäuschen, schon Feierabend? Habe ich etwa mit den Kindern die Zeit verpasst? Wir hatten so viel Spaß. Mila und Tristan sind auch noch gar nicht müde."

„Nein, nein, ich habe heute früher Schluss gemacht."

„Ist etwas passiert?" Felix' Gesichtsausdruck wurde nun ernst.

„Nein, doch, ja." Gegen ihren Willen begann Darja, zu weinen.

Felix nahm sie sanft in den Arm. „Dann erzähl mal Mäuschen. Vermutlich ist es nichts, wofür man keine Lösung findet", versuchte er, sie zu trösten.

„Genau das ist ja das Problem. Für mich ist das alles schleierhaft. Erst sehe ich einen schwarzen und dann einen roten Totenkopf auf meinem ausgeschalteten Monitor. Dann knallt etwas gegen das Außenfenster. Doch ich entdecke nur einen schwachen Handabdruck an einem der Fenster. Dann zerspringt ein Glas auf meinem Schreibtisch, ohne dass ich überhaupt in der Nähe bin. Zu guter Letzt flattert ein Zettel an meiner Pinnwand, während all die anderen daneben sich nicht bewegen. Wie du weißt, arbeite ich in einer von Trennwänden abgeschirmten Kabine. Da kann eigentlich kein Durchzug vorkommen. Als ich später zurückkam, um dieses Phänomen mit meiner Handykamera zu filmen, damit du mir glaubst, hing das Blatt genau wie die anderen plötzlich still an der Pinnwand. Felix, ich glaube, ich werde verrückt. Oder Frau Margarete Parschski rächt sich für meine kalte Reaktion auf ihre Bitte am Vortag." Schluchzend versenkte Darja ihren Kopf an Felix' breite, starke Brust.

Felix schwieg einige Momente und hielt seine Frau nur eng umschlungen.

Plötzlich ertönte ein lautstarkes Heulen im Wohnzimmer, so als würde Darjas stilles Weinen von einem höchst motivierten Synchronsprecher oder besser Synchronheuler unterstützt. Darja und Felix schreckten auseinander.

„Mann, Tristan. Du sollst nicht alles in den Mund stecken!", hörten sie Milas mahnende, schrille Kleinmädchenstimme. In ihrer Rolle als die ältere Schwester war die Vierjährige doch schnell hereingewachsen. Unter Tränen lachte Darja auf. Auch Felix schmunzelte.

„Mäuschen, darüber sprechen wir nochmal, wenn die Kinder im Bett sind. Ist das okay für dich?"
Darja nickte.

Doch sie sprachen nicht mehr darüber, denn Tristan fieberte plötzlich wieder und weinte sich einige Stunden in den Schlaf. Darja verbrachte die Nacht auf einer Gästeliege neben Tristans Kinderbettchen und hatte daher keine Chance und auch kein wirkliches Interesse, über die unerklärlichen Vorgänge in ihrer Arbeitsstelle zu reden. Es würde doch nichts ändern und sie wollte auf keinen Fall die Spukphänomene irgendwie auch noch nach Hause „reden".

Als Felix am frühen Nachmittag nach Hause kam, war Tristan wieder fit und munter - ganz im Gegenteil zu seiner Mutter. Noch eine fast schlaflose Nacht lag hinter ihr und die Spukphänomene, die vermutlich nur Wahnvorstellungen waren, lagen vor ihr. Dennoch wollte sie weder kündigen noch zuhause bleiben. Sie brauchten das Geld, die Sicherheit ihrer Stelle und eine vorübergehende oder auch dauerhafte Flucht würde ihre Ängste keineswegs beruhigen. Halluzinationen und Übernatürliches, wenn es das denn war, würden sie verfolgen. Also nahm sie sie lieber im Büro, weit ab von ihrer Familie, in Kauf.

Zum ersten Mal seit sie ihren Job begonnen hatte, war Darja froh, die ersten Stunden nicht allein im Großraumbüro verbringen zu müssen. Sogar Marinas wie immer bissigen Begrüßungsworte nahm sie mit einer besonderen Art von Beruhigung auf.

Darjas erste Tat war das Abhängen des am Tag zuvor geflatterten Telefonzettels an ihrer Korkpinnwand über dem Schreibtisch an der weißen Trennwand. Bestimmt schob sie ihn gleich in die Schublade. Sollte er dort weiter vor sich hintanzen, wenn ihm auch noch heute danach wäre. Dort konnte er sie nicht erschrecken.

Als dann am Nachmittag zur Feierabendzeit plötzlich der übliche Fluchttumult ausbrach, wurde es Darja doch mulmig in der Magengegend. Übelkeit machte sich breit und sie musste einen Anflug von Panik verscheuchen. „Nach heute wird es schon leichter werden", beruhigte sie sich. Danach versuchte sie, sich auf ihre Aufgaben zu konzentrieren, die sich aufgrund ihres gestrigen schnellen Feierabends schon ziemlich angesammelt hatten.

An diesem Tage kamen viele Anrufe herein. Kunden fragten nach Skonti bei schneller Bezahlung, nach Mengenrabatten für größere Bestellmengen, Aufschiebungen des Zahlungsziels oder einfach nach einer Kopie einer Rechnung. So fühlte sich Darja nicht wirklich allein.

Zweieinhalb Stunden später rief Felix auf ihrem betrieblichen Telefon an. „Hey, Mäuschen, entschuldige, wenn ich dich störe, aber ihr habt doch einen Fernseher im Pausenraum?"

„Hallo Felix, schön, dass du anrufst. Du störst nie, das weißt du doch. Ja, wir haben sogar einen Flachbildfernseher im Pausenraum. Der Inhaber legt Wert auf Luxus, sogar manchmal für seine Angestellten."

„Dann schalte in fünf Minuten die Nachrichten auf unserem Lieblingssender an. Es wurde gerade angekündigt, dass sie einen kurzen Bericht über dein Unternehmen bringen. Ich denke, da werden deine Chefs wohl nichts dagegen haben, wenn du den kurz schaust", vermutete Felix.

„Da hast du recht. Sie werden sich darüber freuen, schätze ich", lachte Darja.

„Sonst alles okay bei dir?", fragte Felix vorsichtig nach.

„Ja, bisher gab es keine besonderen Zwischenfälle", bestätigte Darja und hoffte, dass sie damit nicht Was-auch-immer hervorrufen würde.

„Super. Dann ab zum Flachbildfernseher. Du hast vermutlich noch eine ziemliche Strecke in deinem Großraumbüro zurückzulegen", lachte Felix erleichtert ins Telefon und beendete damit das Gespräch.

Neugierig hastete Darja die Gänge zum Pausenraum entlang. Zum Glück wurde er nicht zum Feierabend der anderen Mitarbeiterinnen abgeschlossen. Wo ist jetzt bloß noch die Fernbedienung? Ah, unter dem Fernseher in der Kommode.

Hektisch schaltete Darja ihr Lieblingsprogramm an. Ganz kurz zeigte es den Vorspann der Nachrichtensendung an, dann sprang das Programm auf den ersten Sender zurück. Einen Moment starrte Darja fassungslos auf den Bildschirm. Verdammt, was war denn das schon wieder? War sie aus Versehen auf die falsche Taste gekommen?

Noch einmal drückte sie auf die Sendertaste ihres Lieblingssenders und hielt sie eine Weile heruntergedrückt. Als sie sie losließ, sprang der

Sender wieder auf den Sender, der auf der Taste eins gespeichert war.

Noch zwei Mal wiederholte sie die Prozedur, dann hielt sie während der kurzen Berichterstattung über ihr Unternehmen die Sendertaste auf der Fernbedienung durchgehend gedrückt. Obwohl sie einen technischen Defekt vermutete, kam ihr diese Fehlfunktion mysteriös vor. Schon wieder passierten komische Dinge hier. Im Fernsehen sah sie den Unternehmenseigentümer von seiner Firma und seinen effektiven Mitarbeitern reden, doch Darja bekam nicht mehr viel mit.

Nach wenigen Minuten waren die Berichterstattung und das Interview des Unternehmers vorbei und Darja ließ die Taste los. Schwupp, schon wieder verstellte sich der Sender, doch dieses Mal auf einen anderen Sender.

Ob die Fernbedienung wieder funktionieren würde, wenn sie dieses Phänomen wieder mit ihrer Smartphonekamera versuchte, aufzunehmen?

Eiligen Schrittes holte sie ihr Smartphone aus ihrer Handtasche, stellte es auf einen Bistrotisch im Pausenraum so auf, dass es die Fernbedienung von schräg vorne und zudem den Bildschirm des Fernsehers filmen konnte. Darja schaltete die Videoaufnahme an und drückte dann vorsichtig die Taste ihres Lieblingssenders auf der Fernbedienung. Brav schaltete sich der Fernseher auf den richtigen Sender um. Eine Weile hielt sie die Taste gedrückt, um sie dann plötzlich loszulassen. Wie die Male davor wechselte der Fernseher willkürlich den Sender.

Bingo! Dieses Mal würde sie einen Zeugen haben, das Video. Darja wiederholte den Vorgang noch einmal, sozusagen als Sicherheitskopie, drückte dann den Off-Schalter des Fernsehens, legte die Fernbedienung zurück in den Schrank unter dem Bildschirm und ging fast fröhlich zurück zu ihrem Arbeitsplatz. An diesem Abend konnte sie ihrem Mann eins der merkwürdigen Vorgänge im Büro bildhaft vor Augen führen. Darja hoffte nur, dass die Kinder an diesem späten Abend, wenn sie nach Hause käme, gesund wären und schon schlafen würden.

Und tatsächlich erfüllte sich ihr Wunsch. Als sie um zehn Uhr leise die Wohnungstür aufschloss, kam ihr ihr Mann Felix schon freudestrahlend entgegen.

„Sie schlafen – beide", verkündete er ihr.

„Das trifft sich gut", lächelte Darja. „Ich habe heute einen merkwürdigen Vorgang mit meiner Smartphonekamera aufzeichnen können. Ich habe mir das Video noch nicht angeschaut. Vielleicht kann man darauf ja etwas erkennen."

Felix lachte laut auf – ein wenig zu laut in Anbetracht der Rücksicht, die sie auf die schlafenden Kinder nehmen sollten. Leiser fuhr er dann fort: „Was soll man denn darauf erkennen können? Etwa Orbs?"

„Was sind denn Orbs?", fragte Darja erstaunt nach.

„Das sind helle Flecken, die rund sind, von Geistern verursacht wurden und nur auf Fotografien aufgefangen werden können."

„Die gibt es wirklich?", fragte Darja nochmals nach.

„Klar, doch, Mäuschen. Das Internet ist voll von solchen Aufnahmen", bestätigte Felix.

„Ich meine nicht die Bilder, sondern die Orbs. Glaubst du an Geister aus dem Jenseits?", fragte Darja wissbegierig nach.

„Warum soll es keine Kreaturen in irgendeiner Energieform geben, die in einer anderen Dimension und in unserer herumwabern, die wir aber noch nicht wissenschaftlich erforschen konnten? Ob man sie nun Geister nennt oder die Seelen der Verstorbenen, das ist doch egal oder nicht?"

„Nein, ist es nicht." Darja wurde langsam ungeduldig. „Wenn es tatsächlich die Seelen von ehemals im hier und jetzt lebenden Personen sind, dann könnte es auch Frau Margarete Parschski sein, die mich für meine eiskalte Abfuhr bestrafen will", erklärte Darja weiter.

„Dann könnte es aber auch deine Oma sein, die dich über alles geliebt hat und die einfach nur Kontakt mit dir aufnehmen will. Vielleicht ist sie noch ungeübt und daher etwas ungeschickt. Aber du musst zugeben, sie könnte es auch sein", gab Felix zu bedenken.

„Omi hätte mich nie erschreckt", warf Darja ein. „Du kanntest sie nicht. Aber nun lass uns doch mal meine Aufnahme anschauen. Du wirst staunen!"

Darja fasste Felix an die Hand und zog ihn ins Wohnzimmer auf die Couch. Dann kramte sie ihr Smartphone aus ihrer tiefen Handtasche und stellte die erste Version des aufgenommenen Videos startbereit ein.

„Wieder ein flatterndes Blatt?", fragte Felix leicht spöttisch nach.

„Nein, das habe ich vorsorglich heute bei meiner Ankunft im Büro abgehangen und in die Schublade verbannt. Hieran bist du im Grunde schuldig", gab Darja den Spott zurück.

„Ich? Ich würde mich nie wagen, bei dir zu spuken", grinste Felix.

„Aber du hast mir gesagt, ich solle unseren Lieblingssender auf dem Fernsehen im Pausenraum einstellen. Und damit begann das Elend." Nun startete Darja die Aufnahme.

Doch schon in den ersten Sekunden der Aufnahme erstarrte Darja. Zwar ein wenig nach rechts versetzt doch dennoch deutlich sah man den Teil der Fernbedienung, die auf den Fernseher gerichtet war und ihre rechten Zeigefinger, der verkrampft eine Taste drückte. Welche der Tasten konnte man allerdings nur erahnen. Auf dem Bildschirm war deutlich ihr oberster Chef zu erkennen. Selbst Fetzen vom Interview hatte ihr Smartphone aufgenommen.

Doch, was war das? Ein rotes, flackerndes Licht war an der Fernbedienung zu erkennen. Als Darja im Video die Taste losließ, zog sich das Licht in die Fernbedienung zurück. War das ein Orb? War die

Fernbedienung verhext oder besessen von einem Geist?

Als das kurze Video abgelaufen war, stellte Darja wortlos die nächste Aufnahme an. Vielleicht hatte sich nur irgendetwas gespiegelt, wodurch das Licht am Sender der Fernbedienung entstanden war. Nein, auch dieses Video, das dem Vorhergehenden bis auf die Bildschirmanzeige fast vollkommen sogar in den Einzelheiten entsprach, enthielt den Orb.

Als auch dieses Video abgelaufen war, fragte Felix nach: „Mit ‚merkwürdige Vorgänge‘ meinst du vermutlich den Rücksprung des Senders auf den ersten oder einen anderen Sender, sobald du die Taste losgelassen hast?“

Darja nickte. „Moment“, sagte sie fast tonlos und sprang auf. Mit hastigen Schritten rannte sie zu ihrer eigenen Fernbedienung des Flachbildschirms und drückte eine Taste. Der Fernseher sprang an. Darja drückte eine andere Taste. Sie hatte stets den Signalsender im Auge, nicht den Fernsehbildschirm.

„Was machst du denn da?“, fragte Felix verwirrt nach.

„Siehst du?“ Nun richtete Darja die Fernbedienung direkt auf ihren Mann und drückte wie wild auf den Tasten herum.

„Ich bin kein Fernseher, mich kannst du nicht verstellen“, knurrte Felix.

„Nein, siehst du etwas da vorne, wo das Signal für den Fernseher herauskommt?“, fragte Darja.

„Ja, da ist natürlich eine Glasdiode", antwortete Felix langsam ein wenig ungehalten.

„Welche Farbe hat sie?", fragte Darja nach.

„Nun ja, durchsichtig. Halt aus Glas."

„Nicht rot strahlend oder so?"

„Nein, einfach nur hell durchsichtig. Was ist denn los, Mäuschen?"

Darja schaltete den Fernseher wieder aus. „Dann hattest du Recht." Schlaff ließ sie sich auf das Sofa fallen.

„Womit hatte ich Recht? Nun erzähl doch endlich."

„Hast du die Videos nicht gesehen. Da war vorne an der Glasdiode ein rotes Licht, dass sich in die Fernbedienung zurückzog, sobald ich die Taste losließ. Ein Orb. Es gibt sie. Ich habe jetzt den Beweis dafür. Wie schrecklich. Ob es die Frau Margar..."

„Halt. Stopp, Mäuschen", unterbrach sie Felix jetzt todernst. „So langsam machst du dich einfach nur verrückt."

„Du meinst, ich werde verrückt? Daran habe ich auch schon gedacht", sprach Darja hektisch.

„Nein, nein. Atme mal tief durch, Mäuschen. Alles ist gut. Die Diode sendet natürlich Signale aus, sonst könnte der Fernseher sie nicht auffangen und entsprechend handeln. Es sind Infrarotstrahlen, die unser Auge nicht sehen können. Auf einem Foto oder Video können diese Strahlen jedoch sichtbar gemacht werden. Das ist ein Phänomen, mit dem sich auch schon andere befasst haben. Es ist aber ganz natürlich erklärbar."

„Wirklich? Aber das automatische Umschalten des Fernsehers nicht. Da sind höhere Mächte im Spiel." Tränen der Panik rannen Darja die Wange herunter.

„Nein, mit Sicherheit nicht. Warum sollte eine Frau Margarete sowieso den Fernseher umschalten? Um dich zu ärgern? Ein Fernseher ist ein komplexes, technisches Gerät. Hinzu kommt, dass die Flachbildfernseher mit dem Internet verbunden sein können, was wiederum komplex und voller Störanfälligkeiten ist. Diesen eigenmächtigen Sprung auf einen anderen Sender habe ich hier auch schon erlebt. Dann ist entweder etwas mit der Fernbedienung nicht in Ordnung oder es klemmt einfach nur eine Taste. Oder der Fernseher spinnt, genau, wie auch ein Computer plötzlich irgendetwas ausführt, was man nicht von ihm verlangt hat. In beiden Fällen hilft es meistens, wenn man das Gerät ausschaltet und wieder einschaltet. Hast du das im Pausenraum versucht?" Felix schaute Darja herausfordernd an.

„Nein! Aber deine Erklärungen klingen durchaus vernünftig. Aber was ist mit all den anderen Phänomenen im Büro? Kannst du die auch alle erklären?", forderte Darja nun.

Felix schüttelte den Kopf. „Ich habe mich heute Nachmittag telefonisch an eine Geisterjägergemeinschaft gewendet, die versucht, vorwiegend natürliche Erklärungen statt Geisternachweise zu finden."

„Geisterjäger? Ich darf doch keine fremden Leute in das Büro lassen. Wie teuer sind sie denn überhaupt? Und bringt das denn etwas, denn die mysteriösen Geschehnisse kann ich doch nicht einfach nachstellen?“ Darjas aufgestaute Nervosität war immer deutlicher spür- und hörbar.

„Irgendetwas müssen wir doch tun. Ich fand das eine gute Idee von mir. Die Geisterjäger arbeiten im Übrigen ehrenamtlich, verlangen also kein Geld und tun ihre Arbeit aus Überzeugung und Spaß.“ Felix’ Argumente überzeugten sogar Darja.

„Du hast recht. Danke dir für deine Unterstützung. Allerdings kann ich sie natürlich nicht in das Unternehmen lassen. Die Befugnis habe ich nicht dazu“, startete Darja ihren letzten Einwand.

„Das ist mir absolut klar. Sie haben darum gebeten, dass du ihnen eine E-Mail schreibst und alle Ereignisse so ausführlich wie möglich beschreibst. Was hast du vorher getan, was nachher? Wie sah die Umgebung aus? Wieviel Uhr war es? Wie war die Beleuchtung und so weiter.“

„Das sollte kein Problem sein. Ich erinnere mich an jeden dieser grauenhaften Momente so genau, als hätte es sich in Zeitlupe in meine Festplatte im Gehirn eingebrannt“, beteuerte Darja.

„Das hat es wohl auch“, lachte Felix auf. „Unsere Kinder schlafen gesund und friedlich. Eine Flasche Wein steht im Kühlschrank und ein gemischter Salat auf dem Tisch. Willst du vor oder nach deiner E-Mail an die Geisterjäger essen?“

„Du bist ein Schatz!“ Gerührt von der mitfühlenden Unterstützung ihres Ehemannes umarmte sie ihn spontan. Eigentlich hatte sie doch ein fantastisches Leben. „Den Wein nehme ich jetzt gleich mit zum PC und den Salat esse ich nach

meiner Berichterstattung. Ist das okay für dich?",
fragte sie Felix.

„Sehr gut! Wenn du Fachleuten dein Herz ausgeschüttet hast, schmeckt der Salat auch viel besser", bestätigte Felix verständnisvoll und sprang dann auf, um für seine Frau die Flasche Wein zu entkorken und sie mit einem Glas auf den PC-Tisch neben die Tastatur zu stellen.

Der Wein half Darja während ihrer schriftlichen Berichterstattung der gruseligen Phänomene nicht in Panik auszubrechen und die Geschehnisse mit einem wenigstens kleinen Abstand zu betrachten. So genau wie es ihr möglich war schilderte sie all diese Vorgänge und hoffte inbrünstig, dass die Geisterjäger nur und ausschließlich natürliche Erklärungen liefern konnten. Weiterhin hoffte sie, dass die Antwort nicht zu lange auf sich warten ließe. Schließlich musste sie jeden Werktag in ihre einsame, möglicherweise von Orbs besetzte Arbeitsstelle.

Die Antwort erhielt sie am Samstagabend. Darja hatte schon damit gerechnet, dass sie frühestens am Wochenende von ihnen hören würde, da die Geisterjäger als Ehrenamtler in der Woche sicherlich mit Familie und Arbeit ausgelastet sein würden.

Der Eingang dieser sehnsüchtig erwarteten E-Mail wurde ihr auf ihrem Smartphone gemeldet. Leider konnte sie sie noch nicht sofort lesen, da ihre beiden Kinder noch zu Bett gebracht werden mussten. Dies verband sie am Wochenende stets mit dem Vorlesen von Schlafgeschichten und einem ausgiebigen Knuddeln. In der Woche musste leider ihr Mann die Kinder ins Bett bringen und so genoss sie normalerweise die gemeinsame Zeit mit ihren geliebten Kindern.

An diesem Tage war sie jedoch nur halbherzig bei der Sache. Ungeduld brannte in ihrem Innersten. Nie hätte sie bisher vermutet, dass eine E-Mail einer Geisterjägergemeinschaft so wichtig für sie werden würde – ja, ihr zukünftiges Leben maßgeblich beeinflussen könnte.

Endlich schliefen die Kinder und das Ehepaar Wiese hatte sich zusammen auf die Wohnzimmercouch gesetzt. Darja kuschelte mit Felix und bat ihn, die E-Mail vorzulesen.

Felix räusperte sich und begann.

Liebe Darja,

da du uns so private Dinge anvertraust, denken wir, dass es auch persönlicher ist, wenn wir dich duzen. Ich, Klaus, berichte dir von unseren Erkenntnissen, die wir aufgrund der von dir geschilderten Vorgänge sammeln konnten.

Leider konnten wir nicht für alle Geschehnisse eine zufriedenstellende Erklärung finden. Eine Untersuchung vor Ort könnte möglicherweise Abhilfe schaffen, doch ich verstehe, dass du uns als

Nicht-Angestellte nicht einfach in das Unternehmen lassen kannst. Auch verstehen wir gut, dass du mit deinen Vorgesetzten über die Vorkommnisse keinesfalls reden willst, um um die Erlaubnis zu bitten, uns den Ort des Geschehens untersuchen lassen zu können.

Für den Knall am Fenster kann es viele Ursachen geben. Einige davon, wie das Gegenprallen eines Vogels, können wir ausschließen, denn irgendwelche äußeren Abdrücke hätten dann am Glas noch sichtbar sein müssen.

Der Handabdruck kann dadurch entstanden sein, dass sich jemand mit seiner Hand an der Scheibe abgestützt hat, während er herausschaute. Üblicherweise kann das geschehen sein, wenn die Person möglichst weit herunterschauen wollte. Je nachdem, ob sich die Person vorher die Hand gewaschen, eingekremt oder geschwitzt hat, kann der Abdruck an der Glasscheibe natürlich unterschiedlich intensiv ausfallen.

Gehen wir gleich mal zu deinem „zappelnden Zettel" über. So einen Fall hatten wir einmal und die Lösung war sehr einfach. Du hattest berichtet, dass du zuvor die Glasscherben (zu denen wir gleich kommen) von dem Schreibtisch und dem Boden entfernt hattest. Dafür hast du die Gegenstände auf und unter dem Schreibtisch verschoben. Richtig? Wir vermuten, dass zwischen deinem Schreibtisch und der Trennwand vor dir eine kleinere oder sogar größere Spalte ist?

Vermutlich für Kabel oder einfach zum Schutz der Trennwand? An dieser Trennwand über der Spalte hing deine Pinnwand mit dem und anderen Blättern daran.

Du arbeitest in einer Arbeitskabine, die mindestens an drei Seiten abgeschlossen ist und einen kleinen Eingang hat. Die Trennwände sind menschenhoch. Natürlich wäre Zugluft, die das Blatt zum Flattern hätte bringen können, ungewöhnlich. Warum also gerade das eine Blatt, nicht aber die Zettel rechts und links daneben?

Eine Luftblasquelle hast du in deiner zugluftdichten Arbeitskabine, nämlich die Lüftung deines PC-Towers. Könnte es sein, dass du den Tower bei deinen Aufräumarbeiten nach hinten verschoben hast, so dass der Lüfter die Luft dann so ungünstig herausblies, dass sie durch die Spalte zwischen Schreibtisch und Wand das Blatt bewegen konnte? So ein Tower und entsprechend auch das Gebläse ist heutzutage klein und es ist durchaus möglich, dass nur ein Blatt von dieser Lüftungsluft betroffen ist. Das würde auch erklären, warum das Blatt nicht mehr „zappelte", als du den PC heruntergefahren hattest. Wir raten dir, das mal zu überprüfen. Gerne kannst du dich, sollte unsere Theorie falsch sein, auch gerne diesbezüglich wieder an uns wenden.

Tja, das zerbrochene Glas macht uns Probleme und noch mehr die Totenköpfe auf deinem Bildschirm bei ausgeschaltetem Computer.

Das Glas kann schon beschädigt gewesen sein, beispielsweise einen Sprung gehabt haben. Bei einer Erschütterung beispielsweise durch einen LKW oder einer Straßenbahn nah an dem Gebäude kann das Glas unglücklicherweise zersprungen sein. Ebenso ist eine Erhitzung möglich, beispielsweise durch den PC-Lüfter, wenn das Glas zu diesem Zeitpunkt ungünstig stand und, wie oben beschrieben, bereits beschädigt war. Allerdings erklärt dies nicht die vielen Splitter, in die das Glas zersprungen ist. Möglicherweise gibt es eine natürliche Erklärung, die wir uns jedoch von deinen geschilderten Umständen nicht herleiten können.

Warum der schwarze und rote Totenkopf auf deinem Bildschirm erschien, obwohl der PC ausgeschaltet war, ist uns leider momentan schleierhaft. Letztlich kann dieses Bild nicht vom Computer selbst oder einem Virus im Computer kommen, da er ja nicht eingeschaltet war. So müssten die Totenkopfabbildungen von außen auf den Bildschirm projiziert worden sein. Dies ist nach deiner Schilderung jedoch ausgeschlossen.

Wir glauben an die Existenz von Geistern. Einige, wenn auch sehr wenige, von den uns geschilderten Phänomenen können wir leider nicht mit natürlichen Ursachen erklären. Wir befürchten, dass deine Totenköpfe dazugehören.

Wir wollen nicht behaupten, dass dies ein Geist oder paranormales Wesen auf deinen Bildschirm produziert hat, doch eine natürliche Erklärung können wir dir unter den gegebenen Schilderungen leider nicht liefern.

Unser Angebot steht: Du kannst uns gerne jederzeit kontaktieren und wir würden, sollte dies möglich werden, diese Phänomene auch gerne vor Ort studieren.

Sollten sie nochmals auftauchen, versuche bitte, sie zu filmen. Manchmal kommen wir auch mit Videos weiter.

Wir hoffen, dich wenigstens teilweise beruhigen zu können und wünschen dir zukünftig eine störungsfreie Zeit im Büro.

Dein Geisterjäger-Team

Stille entstand im Raum. Noch lange starrten Felix und Darja auf das Ende der langen und ausführlichen E-Mail, ehe Darja ihr Smartphone ausschaltete und es auf den Wohnzimmertisch legte.

„Bis auf den wedelnden Zettel hat es mir nicht so sehr weitergeholfen und selbst das erscheint mir sehr weit hergeholt", meckerte Darja los.

„Die Geisterjäger sind Fachleute und beschäftigen sich schon seit Jahren mit solchen

Vorgängen. Die wissen, von was sie reden", behauptete Felix.

„...und haben doch für die meisten der mysteriösen Phänomene keine Erklärung", hielt Darja dagegen.

„Das nächste Mal solltest du sofort versuchen, diese Vorgänge aufzunehmen", wiederholte Felix den Ratschlag der Geisterjäger.

„Du bist ja lustig. Das wollte ich schließlich auch größtenteils. Doch da waren sie schon verschwunden. Vermutlich wird der Geist seinen Spuk beenden, sobald er merkt, dass ich ihn dokumentieren will."

„Umso besser, dann ist er weg", grinste Felix.

„Witzbold! Es wäre am besten, er tauchte gar nicht mehr wieder auf: der Geist und der Spuk", grinste nun auch Darja und stupste Felix vertraut in die Seite.

„Wenn du glaubst, dass der Geist seinen Spuk beendet, wenn du ihn aufnimmst, dann stelle doch eine kleine oder gleich mehrere versteckte Kameras auf. Entweder er spukt nicht mehr oder du hast es dokumentiert", schlug Felix ein wenig ernster vor.

„Das werde ich nicht dürfen. Persönlichkeitsrechte und so und außerdem müsste ich wohl meinen Chef um Erlaubnis fragen", wandte Darja ein.

„Musst du nicht", protestierte Felix. „Der Spuk beginnt doch erst, wenn du alleine im Großraumbüro bist. Wenn du dann erst die Kameras aufstellst, solltest du außer dir keinen anderen mehr aufnehmen. Es ist doch kein anderer mehr da, dessen Persönlichkeitsrechte du gefährden könntest, außer natürlich die des Spukgeistes. Haben Geister eigentlich noch Persönlichkeitsrechte?", prustete Felix los. Doch sein Einwand war berechtigt und überzeugte Darja doch.

„Eigentlich stimmt das", entgegnete Darja noch zögerlich.

„Weißt du was, Mäuschen? Montag kann ich eine halbe Stunde früher Feierabend machen und fahre eben bei dem Elektronikmarkt um die Ecke vorbei. Ich besorge dir dann drei kleine Spionkameras, die du immer dann anmachen kannst, wenn du vermeintlich allein im Büro bist. Dann verpasst du bestimmt auch keine Totenköpfe mehr", schlug Felix vor.

Begeistert und erleichtert zugleich schlang Darja ihre Arme um Felix. Seit langer Zeit war sie wieder in Stimmung, sich ihrem Mann im Bett hinzugeben. Darja war nicht allein mit ihren Problemen. Sie hatte einen herzensguten, mitfühlsamen und fürsorglichen Ehemann und zwei bezaubernde Kinder. Warum in aller Welt dankte sie nicht jeden Tag Gott oder wem auch immer für ihr Glück?

Darjas gute Stimmung kippte erst wieder, als sie am Montag das Gebäude ihres Arbeitgebers betrat. Auch die wertvolle Fracht in ihrer großen Handtasche, drei kleine Spionkameras, die laut Verkäufer jedoch hervorragende Aufnahmen machen sollten, beruhigte sie nicht sonderlich.

„Fit und munter für die nächste Arbeitswoche, Darja? Kein Wunder, wenn man den ersten Tag schon fast verschlafen hat", begrüßte sie zuverlässig Marina an dem Eingang zum Großraumbüro. Es machte fast den Anschein, als wartete sie regelrecht jeden Tag um 15:30 zu Darjas offiziellem Arbeitsbeginn auf sie, um sie mit einer bissigen Bemerkung daran zu erinnern, dass sie sie wegen der Sonderregelung, die Darja zuteilwurde, hasste. Und wegen ihrer russischen Herkunft. Und wegen ihres russischen Akzentes. Und wegen ihrer beiden Kinder. Und wegen ihrem nicht alkoholabhängigen, fruchtbaren Ehemannes. Gründe gab es genug für Marina, deren Neid und Hass kein Ende zu haben schien.

Sorgsam schob Darja ihre Handtasche mit den Spionkameras unter den Schreibtisch. Sie glaubte zwar nicht, dass sie jemals würde etwas Mysteriöses aufzeichnen können, da die Geister sicher fernblieben, sobald sie die Kameras angeschaltet hatte, aber schaden konnte es schließlich auch nicht.

Ein Schwall von vertrösteten Telefonkundinnen und -kunden, die von ihren Kolleginnen informiert wurden, dass sie erst um 15:30 Uhr da wäre und nun gesammelt anriefen, lenkten Darja ab und ließen die Zeit nur so fliegen. Sie telefonierte gerne, liebte den Kontakt zu Menschen, auch wenn die Anrufer oftmals mit Beschwerden, Reklamationen oder Bitten anriefen, die sie leider nicht erfüllen durfte.

Nach dem siebten Anruf herrschte erst einmal Stille – nicht nur beim Telefon, sondern auch im Raum. Die Mitarbeiterinnen waren inzwischen gegangen und Elli hatte ihr von dem Eingang aus kurz zugewunken. Kurz lehnte sich Darja in ihrem Bürostuhl zurück, dann erinnerte sie sich an die Spionkameras in ihrer Tasche.

Sie hatte zwar keine Lust, auszuprobieren, wo und wie sie diese Kameras am verstecktesten unterbringen und anschließen konnte, damit sie ihren Sinn erfüllten, doch ihr Mann Felix hatte ihr einen Zettel mit Instruktionen mitgegeben.

Mit etwas Herumprobieren, Stöhnen und Schnaufen hatte Darja die drei Spionkameras so platziert, dass sämtliche Bewegungen in ihrer Arbeitskabine offenbar vollständig überwacht und aufgezeichnet wurden. Eine der Spionkameras hatte sogar ein Mikrofon und konnte den Ton speichern.

„So Geisterchen, nun kommt mal schön", dachte Darja, als sie mit ihrem Werk zufrieden war und hoffte gleichzeitig, dass diese paranormalen Wesen nicht auch noch Gedanken lesen konnten. Der Ruf der Geister war eher ironisch als ehrlich gemeint gewesen und Darja zweifelte zumindest daran, dass diese Energiewesen Humor oder Ironie verstanden.

Beinahe hätte Darja vergessen, zu überprüfen, ob das Adressblatt an ihrer Pinnwand tatsächlich nur aufgrund der Lüftung des PC-Towers hin- und hergeflattert war. Vielleicht hatte sie auch Sorge davor, dass die Erklärung der Geisterjäger nicht zutreffend war und die natürliche Erklärung genauso in der Luft von einem Geist davongetragen wurde, wie der Zettel, wenn er denn nicht an der Pinnwand angesteckt wäre.

Nachdem Darja ihn mit einem Pin an ihrer Korkwand befestigt hatte, begann er tatsächlich wieder, zu tanzen. Schnell bückte sich Darja und zog ihren Tower unter dem Tisch nach vorne, so dass die Lüftung mit ihrer Luft nicht mehr durch die Spalte zwischen ihrem rückwärtigen Schreibtisch und der Trennwand blasen konnte.

Und – Darja konnte es kaum glauben – der Zettel beruhigte sich sofort und hing sehr bald genauso schlaff und untätig an der Pinnwand, wie auch seine beiden Kollegen rechts und links von ihm.

Voll tiefer Erleichterung atmete Darja ihre spannungsgeladene, angehaltene Luft aus den Lungen. Die Geisterjäger hatten tatsächlich Recht gehabt. Solch eine kleine, unbedeutende, natürliche Ursache hatte ihr solch einen Grusel eingejagt. Hoffentlich könnten die anderen vermeintlich paranormalen Phänomene auch so einfach erklärt werden.

Plötzlich knallte wieder etwas gegen die Scheibe. Es kam Darja vor, als wäre es noch lauter und aggressiver gewesen als in der letzten Woche. Und dorthin hatte sie keine Kameras ausgerichtet.

Sie sprang auf und rannte zu der Fensterfront. Darja jagte an den Fenstern vorbei, konnte aber auf den ersten Blick nichts erkennen. Eine zweite Prüfung der Scheiben ergab von innen einen kleinen, fast unsichtbaren, runden Fleck. Sie war allein im großen Großraumbüro. Doch vielleicht hatte die Spionkamera wenigstens den knallenden Ton festhalten können.

Während Darja noch auf den runden Fleck starrte, sich hin- und herbewegte, um die Konturen an der Glasscheibe noch deutlicher erkennen zu können, klirrte es wieder in ihrer Arbeitskabine. Glas war zersprungen. Dieses Mal gesellte sich ein dumpfer Aufschlag etwa zwei oder drei Minuten später hinzu. Es hallte an der Decke wider. Beide Geräusche kamen aus der Richtung ihrer Arbeitskabine. Nun schrie Darja doch auf.

Als sie sich aus der ersten Schreckensstarre erholt hatte, schlich sie wieder langsam durch die Gänge zu ihrer Arbeitskabine. Wenn dort ein Geist war, so wollte sie ihn überraschen. Keineswegs sollte er sie vorher hören und Darja unerwartet erschrecken. Sie war sich bewusst, dass sie dem Spuk menschlichen Maßstäben andichtete, doch viel konnte und wollte sie nicht über diese Vorgänge und vor allem den Verursacher nachdenken.

Als sie vorsichtig um die letzte Trennwand herum in ihre Arbeitskabine schielte, glaubte sie, ein Déjà-vu zu haben. Splitter lagen auf ihrem Schreibtisch und dem Boden. Ihr Trinkglas, das ebenso wie das letzte von der Firma zur Verfügung gestellt worden war, war vollständig zersplittert. Kleine Splitter lagen neben größeren. Manche Glasreste auf dem Schreibtisch waren fast pulverisiert, als wären sie zermalmt oder

zerschlagen worden. Ein wütender Geist, dem
zersplittertes Glas nicht mehr genügte.

Obwohl sie vor Angst und Panik vor dem, was
der Geist sich noch einfallen lassen würde, am
Körper zitterte, suchte sie geistesgegenwärtig
sowie unauffällig die Orte ab, an denen sie die
Spionkameras versteckt hatte. Der Geist hatte sie
wohl nicht entdeckt, denn sie lagen, standen und
hingen friedlich dort, wo Darja sie platziert hatte.
Nun hoffte sie nur noch, dass das Energiewesen die
Aufnahmen nicht gelöscht oder die Kameras
gestoppt hatte. Doch das würde sie später mit Felix
zu Hause feststellen können.

Jetzt würde sie erstmal die Scherben entfernen.
Langsam besaß sie ja Übung darin.
Da Darja sich nicht wieder krankmelden und
früher nach Hause gehen konnte, riss sie sich
zusammen, nahm eine pflanzliche
Beruhigungstablette, die sie sich am letzten
Samstag noch in der Apotheke für solche Fälle
besorgt hatte, und wandte sich wieder ihren
Arbeiten zu.

Als sie sich zur Seite gedreht hatte, um eine
Kundenakte aus dem Aktenschrank zu ziehen und
sich dann wieder ihrem PC zuwandte, sah sie
plötzlich wieder ein schwaches Bild eines roten,
hellen, leicht verschrobenen Totenkopfes auf ihrem
Bildschirm. Mit einem erschrockenen Schwung trat
sich Darja gegen die Rückwand, um dem
vermeintlichen Feind auf ihrem Bildschirm

auszuweichen. Es war mehr eine Reflexsituation als eine wirkliche überlegte Handlung.

Als sie gegen die rückwärtige Trennwand schoss, wurde ihr Stuhl mit einem lauten Rumsen gebremst. Doch wie ein Echo ertönte ein aufprallendes Geräusch direkt hinter dieser Wand.

Mit einem Ruck drehte sich Darja um und vermutete, ein Loch in der Rückwand zu sehen. Sie ging davon aus, dass das Geräusch hinter ihr dadurch verursacht worden war, dass sie durch den starken Aufprall ihres Schreibtischstuhles mit der Kopfstütze ein Loch in diese dünne Trennwand geschlagen hatte. Das herausgeschlagene Holz oder Pressspan war dann hinter der Wand heruntergefallen und hatte solch ein Aufprallgeräusch verursacht.

Doch die Trennwand hinter Darja wies keinen Kratzer und schon gar nicht ein Loch auf.

Langsam hievte sich Darja aus ihrem Bürostuhl hoch und schlich wieder aus ihrem Ausgang heraus. Zaghaft blinzelte sie um die Ecke hinter ihre Trennwand und sah... nichts. Kein Geist und auch nichts, was auf den Boden gefallen sein könnte. Langsam schlich sie hinter ihrer Trennwand auf und ab, überlegend, was sie jetzt tun sollte.

Da – ein Stück weiter weg, an der Trennwand der hinter ihr liegenden Arbeitskabine, entdeckte sie ein kleines Stück schwarzen Plastiks. Ehrfürchtig hob Darja es auf und in ihrem

Gedanken verwandelte sich dieses kleine Stück dünnen Plastiks plötzlich in einen Skarabäus, der sich nach alt-ägyptischer Manier sofort unter ihre Haut fraß, vermehrte und sie tötete. Doch nichts geschah. Das Plastikteilchen lag regungslos und erschöpft auf ihrer Innenhandfläche und genoss seine Ruhe.

Darja schüttelte sich einmal. War sie noch ganz bei Sinnen? Das Plastik war bestimmt von einem Locher oder im schlimmsten Fall von einem Handy, das einer Mitarbeiterin heruntergefallen oder ausgebrochen war. Vielleicht hatte sie es achtlos liegen gelassen oder einfach übersehen und es wurde irgendwann darauf- oder dagegengetreten. So kam es hierher. Doch vielleicht suchte die Kollegin dieses Teil, weil sie es noch einmal ankleben wollte. Zaghaft legte Darja das Plastikteilchen wieder dorthin, wo sie es gefunden hatte.

Als Darja wieder auf ihrem Bürostuhl an ihrem Arbeitsplatz Platz genommen hatte, war alles normal, wie immer. Kein Totenkopf, keine weiteren Scherben und ihr neues Wasserglas stand unbeschädigt auf dem Schreibtisch, obwohl oder vielleicht auch, weil sie Kehrblech und Besen noch auf dem Boden in ihrer Arbeitskabine deponiert hatte. Erst zum Feierabend, wenn nichts mehr zu Bruch gehen konnte, würde sie sie wieder in den Putzschrank zurücklegen.

Aufstöhnend schaute Darja auf die Uhr. Noch knapp zweieinhalb Stunden. Eine Ewigkeit, obwohl sie nur eine Dreiviertelstelle hatte. Mit einem tiefen Seufzer schnappte sich Darja eine Kundenakte und begann, die vorbereiteten und von der Debitorenbuchhaltung bereits ausgedruckten und ihren Kunden zugeordneten Mahnungen zu überprüfen.

Plötzlich machte sich zu ihrer allgemeinen Erschöpfung eine starke innere Unruhe breit. Etwas in ihr schien sie magnetisch nach Hause zu ziehen. Als könnte sich Darja dieser Kraft kaum noch entziehen, schüttelte sie sich. Ja, sie fühlte sich äußerst unwohl in diesem spukenden, einsamen Großraumbüro. Ja, sie wollte nach Hause zu ihrem Mann und ihren süßen Kindern. Aber sie konnte jetzt noch nicht und die Arbeit türmte sich auf ihrem Schreibtisch.

So als würden Hände sich um ihre Unterarme krallen und sie wegziehen wollen, fiel es Darja plötzlich sehr schwer, auf der Tastatur zu tippen, um den digitalen Kontostand der Kunden mit ihrer Kundenakte abzustimmen.

Warum fühlte sie sich wie gelähmt? War es ihre Angst, ihre Erlebnisse hier? Ihr Unwohlsein? Oder ihre Nerven? Drehte sie so langsam durch? Sollte sie vielleicht doch nach Hause gehen und sich noch einmal krankmelden? Was würde ihr Vorgesetzter dazu sagen? Würde sie ihre Stelle gefährden, nur, weil sie ihre Nerven nicht im Griff hatte?

Eine ihr irgendwie vertraute Stimme dröhnte plötzlich in Darjas Ohr: „Du musst nach Hause gehen. Die Kinder... dein Mann... Gefahr... dringend... mach schon... keine Zeit... schnell... hör auf mich... hör auf diese Stimme."

Nun knallte Darja ihre Handinnenfläche auf den Schreibtisch. Verdammt, nun fingen die Halluzinationen wieder an. Sie hatte eine deutliche Stimme vernommen, eine ihr bekannte Stimme. Nein, sie hatte sie nicht gehört, sie hatte sie sich nur eingebildet. Sie redete offensichtlich mit sich selbst – so begann der Wahnsinn oft, hatte sie mal gehört. Und dann war es auch erklärlich, dass ihr die Stimme sehr vertraut vorkam. Es war schließlich ihre eigene Stimme, die zu ihr sprach.

„Gefahr... Gefahr.... Gefahr.... Gefahr." An etwas anderes konnte Darja nicht mehr denken. Verdammt, sie musste sich auf ihre Arbeit konzentrieren. Durch den ganzen paranormalen Zirkus in der letzten Woche war einiges an eiligen Arbeiten liegengeblieben, nicht zuletzt die Mahnungen, die so langsam an die Kunden herausgeschickt werden mussten, ehe die nächste Mahnstufe erreicht wäre.

„Eilig... dringend… sofort." Nun hatte sich wohl die Angst in Darjas Kopf festgesetzt wie ein nerviger Ohrwurmsong. Vermutlich war sie mit ihren Nerven schon so sehr am Ende, dass sie ihre eigenen Gedanken nicht mehr verarbeiten konnte und loswurde.

Entschlossen öffnete sie den Internetbrowser auf ihrem PC und suchte das Internetradio heraus. Es wurde dringend Zeit, dass sie auf normale Gedanken kam, indem sie am alltäglichen Leben teilnahm. Da sie jetzt alleine im Großraumbüro war, könnte sie niemand durch ihre Radiomusik stören. Alle PCs besaßen Lautsprecher. Der Inhaber des Unternehmens legte Wert auf Luxus, was er immer wieder betonte und inzwischen im Gehirn jeder seiner Angestellten festgebrannt war.

Eigentlich sollten sie während der Arbeitszeit das Internet höchstens betrieblich nutzen, doch in diesem Falle förderte das Radiohören ihre Konzentration und wozu waren sonst die Lautsprecher in den PCs mitbestellt worden? Im Gegensatz zu ihren Kolleginnen, die stets zu mehreren in diesem Raum arbeiteten und daher die Lautsprecher sicher nicht nutzen konnten, ohne alle anderen zu stören, würde sie diese luxuriöse Extraausstattung auch mal zum Gewinn der Firma einsetzen können.

Darja schob den Lautstärkeregler weit hoch. Dann würde sie auch von gegen die Scheiben knallenden Dingen nicht mehr erschreckt werden und könnte ungestört arbeiten. Das Leben musste weitergehen.

Darjas Idee war gut gewesen. Der Packen der bearbeiteten Mahnungen war inzwischen erheblich größer als der der noch Ungeprüften. Nur noch vier oder fünf Zettel, dann könnte Darja wenigstens diese wichtige Aufgabe als erledigt an die Debitorenbuchhaltung zurückgeben. Die Buchhaltungsleiterin war sehr streng, hatte einen sehr guten Kontakt zum Inhaber und es könnte jobgefährdend werden, sie zu verärgern oder warten zu lassen.

Langsam ging Darja die Arbeit wieder flüssig von der Hand. Seit ein paar Minuten übertönte die laute Musik auch ihre ständigen Warnungen im Gehirn. Na, bitte, es ging doch. Sie sollte sich nur nicht mehr so leicht ins Bockshorn jagen lassen.

Das schöne Technolied war zu Ende und der Radiomoderator erzählte irgendetwas von Regen in den nächsten Tagen. Da hörte Darja plötzlich eine knatternde, leise, weibliche Stimme unter der Stimme des Sprechers heraus: „Nach Hause... dein Mann... deine Kinder... Tod."

„Wer spricht da?", fragte Darja erschrocken nach, da ihr im Moment gar nicht bewusst war, dass sie nicht telefonierte. Die Stimme war zwar leise, doch dennoch klar hörbar gewesen.

„Fahr nach Hause. Höre auf mich." Die ersten Silben der Sätze waren laut, die anderen gingen stets ein wenig in einem Quietschen unter, als hätte man den Sender übersteuert.

„Meinst du mich, Darja Wiese?", fragte sie ungläubig nach.

„Ja."

War das wirklich ein ‚Ja' gewesen? Es hätte auch einfach ein Brummen sein können. Nun setzt der Radiomoderator an, das nächste Lied anzukündigen.

Aus Angst, dass die Stimme durch eine laute Musik überdeckt würde, schaltete Darja das Radio aus, stellte aber dafür die Lautsprecher lauter.

„Sag bitte nochmal, ob du mich gemeint hast", fragte Darja mit angsterfüllter Stimme nach.

Sie hörte tatsächlich ein „Ja", allerdings nur in ihren Gedanken.

„Ich drehe langsam durch. Nun reagiere ich schon auf Radiostörungen", lachte Darja bitter heraus.

Doch ein lauter, extrem hoher Ton, wie sie es als Jugendliche kannte, wenn sie zwei Aufnahmegeräte zu nah beieinander gehalten hatten, erfüllte ihre Arbeitskabine und den ganzen Raum. Der Ton wollte nicht enden.

„Ist ja gut, ich fahre nach Hause", rief Darja, nur um irgendetwas zu tun. Ihre Arbeitszeit endete in einer guten Stunde. Die Minusstunde könnte sie ein anderes Mal nacharbeiten – auch, wenn sie keine Gleitzeit hatten. Zur Not musste doch nochmal eine Krankmeldung herhalten. Egal, ob es die Technik, ihr Verstand oder ein Geist war: Für heute reichte es ihr. Sollte die Buchhalterin doch verärgert sein und dafür sorgen, dass sie gekündigt würde. Darja wollte sowieso nicht länger hier arbeiten. Sie würde sich eine neue Stelle suchen, in der alles mit natürlichen Dingen vor sich ging.

Zu Darjas Erstaunen verstummte sofort der hohe Ton. Nahezu ferngelenkt stellte Darja das Radio wieder an. Ruhige, leise Musik schlich sich durch die Lautsprecher.

„Wer bist du? Bist du eine verstorbene Seele?", fragte Darja vorsichtig nach, während sie ihren Tisch schon aufräumte.

„Ja!" Super! Konnte die Person nichts anderes als „Ja" sagen oder waren ihre Halluzinationsstimmen im Gehirn zu nichts anderem in der Lage?

„Kenne ich dich?", fragte Darja weiter. Wenn sie schon noch eine Minute zum Aufräumen benötigte, konnte sie auch sprechen.

„Ja." Okay, nun sollte die Stimme im Radio oder in ihrem Kopf doch herausgefordert werden, bevor sie ihren Anordnungen Folge leistete.

„Wer bist du?", fragte Darja und erwartete ein klares „Ja".

„Oma", war die Antwort.

Darja blieb wie versteinert stehen.

„Könntest du das bitte nochmal wiederholen?"

„Oma. Beeil dich. Unfall." Die Stimme wurde unklar, schwer zu verstehen. Die Betonung entsprach nicht dem in einem menschlichen Gespräch, doch die Person sprach und, das fiel Darja erst jetzt auf, sie sprach auf Russisch. Tatsächlich entsprach die Stimme auch ein wenig die ihrer verstorbenen, von ihr geliebten Großmutter.

Tiefe Angst überfiel Darja. Was war, wenn ihre Großmutter sie tatsächlich versucht hatte, zu warnen – wenn zu Hause etwas passiert war, das ihren Mann und ihre Kinder gefährden könnte?

Kopflos schob sie alle Akten nur noch auf einen Haufen und verließ überstürzt das Großraumbüro. Als sie unten an der Ausgangstür des Gebäudes stand, fielen ihr die Spionkameras mit dem Mikrofon ein. Doch es war ihr nicht mehr wichtig.

Wenn ihre Familie gesund war, würde sie den Spuk im Büro schon ertragen. Darja betete zu Gott und bat alle Angehörigen im Himmel um Hilfe und Schutz.

Eine knappe halbe Stunde später schloss Darja mit zitternden Händen die Haustür ihrer Wohnung auf.

„Bitte, bitte, lass nicht etwas allzu Schlimmes passiert sein. Bitte, bitte!", betete sie leise vor sich hin. Schon hörte sie das Quaken ihres Jüngsten Tristan aus dem Badezimmer. Es wirkte nahezu fröhlich. Sie wusste doch, dass nichts geschehen war, außer, dass sie sich all diese Horrorvision nur einbildete.

Da nahm Darja ein leises Wimmern wahr. Es schien auch aus dem Badezimmer zu kommen. „Papa, Papa!", hörte sie ihre Tochter verzweifelt jammern.

Ohne ihre Tasche oder Jacke abzulegen, rannte Darja mit großen Schritten durch ihre Diele in das angrenzende Badezimmer. Das Bild, das sich ihr bot, erschütterte sie bis ins Mark.

Ihr Mann Felix lag neben der Badewanne auf dem Boden. Am Badewannenrand und auch am Boden waren Blutspritzer sichtbar. Felix war bewusstlos oder vielleicht schon tot? Darja verbot sich sofort diese Worst-Case-Gedanken. Ihre Tochter Mila saß in Tränen aufgelöst neben ihrem Mann und schüttelte ihn am Arm. Tristan, der mit seinen anderthalb Jahren den Ernst der Situation noch nicht begreifen konnte, spielte fröhlich lachend mit etwas Silberfarbigem. Etwas anderes Silberfarbiges hatte er im Mund und kaute munter darauf rum.

Es brauchte ein paar Sekunden, ehe Darja realisierte, was ihren Sohn so freute: Tablettenblister, der garantiert nicht leer war, denn sonst hätten sie sie schon entsorgt. Vor Tristan lag eine Schachtel ihrer Psychopharmaka, die sie sich erst vor zwei Wochen vom Neurologen besorgt hatte. Die Lasche der Medikamentenpackung war aufgegangen und vermutlich war ihr Sohn an zwei der Blister voller Tabletten herangekommen, spielte mit der einen und kaute auf der anderen. Kinder waren enorm geschickt, wenn es darum ging, Unsinn zu machen. Nur war dies kein Unsinn, sondern bittere Gefahr für sein Leben.

„Mama, Papa bewegt sich nicht mehr." Ihre Tochter hatte sie entdeckt und Erleichterung schwang in ihrer Stimme mit.

„Das sieht schlimmer aus, als es ist", beruhigte Darja ihre Tochter, obwohl sie an das, was sie sagte, nicht wirklich selbst glaubte.

Dann ging Darja auf ihren Sohn zu. „Hey Tristan, hast du Lust auf einen leckeren Kakao?" Tristan riss seine kleinen Ärmchen hoch und seinen Mund freudig auf, um ein „Aaaaa", zu rufen. Darja nutze die Gelegenheit und zog ihm den Tablettenblister aus dem Mund und den anderen aus seiner kleinen Hand.

Fieberhaft prüfte Darja die beiden Tablettenblisterpackungen und stellte fest, dass Tristan zwar einen Riss in der Aluminiumfolie unter einem der Tabletten verursacht hatte, doch sämtliche Tabletten waren mehr oder weniger zerkaut vollständig in der robusten Blisterverpackung geschützt gewesen.

Aufatmend trat Darja einen Schritt zurück. Das war Rettung in letzter Sekunde für ihren Sohn. Doch wie ging es ihrem Mann und wie konnte der Sohn an diese gefährlichen Tabletten kommen, die sie stets im verschlossenen Arzneimittelschränkchen aufbewahrte?

Als sich Darja im Badezimmer umschaute, erkannte sie sofort, was geschehen war. Ihr Mann Felix hatte dieses Arzneimittelschränkchen wohl aufhängen wollen, worum sie bereits mehrere Male gebeten hatte. Dafür hatte er das Schränkchen geöffnet, um es an die bereits eingedübelten Nägel zu hängen. Dabei ist er von der Leiter gerutscht und mit dem Kopf auf den Badewannenrand aufgeschlagen. Das Arzneimittelschränkchen war heruntergefallen, zum Glück auf die offene Seite, doch die Psychopharmaka, die neuesten, vorne liegenden Medikamente, hatten es wohl nicht geschafft, zu flüchten, bevor das Schränkchen vorne auf dem Boden so aufkam, dass die Kinder nicht mehr an die übrigen Medikamente kommen konnten.

Gefahr für die Kinder bestand zurzeit nicht, doch Felix lag noch immer bewegungslos auf dem Boden. Darja kniete sich zu ihm herunter und rief: „Felix, Felix, werde wach! Sag was, irgendwas." Gleichzeitig fummelte Darja ihr Smartphone aus ihrer Handtasche und rief die Notrufnummer an. Kurz gab sie ihren Namen, ihre Anschrift und

Angaben über den Unfall durch, dann sah sie, wie Felix sich leicht bewegte.

„Felix, Liebling, was machst du bloß?", sprach Darja gleich ihren Mann an, die Kinder immer im Auge behaltend.

Tristan, dem dies nicht entgangen war und der wohl noch auf seinen leckeren Kakao wartete, fing an, lautstark zu weinen. Dies holte Felix endgültig in die Gegenwart zurück, denn er hob seinen Kopf, schaute sich verwirrt um und rief: „Tristan, was ist mit Tristan? Hast du dir weh getan, mein Sohn?"

„Papa, endlich bist du wieder wach", fiel ihm sofort Mila in die Arme.

„Alles in Ordnung", beruhigte Darja ihren Mann.

Verwirrt schaute Felix Darja an. „Was ist geschehen? Warum bist du da und ich auf dem Boden? Ich, ach, Mist, es fällt mir wieder ein. Ich bin von der Leiter gerutscht, als ich den Arzneischrank aufhängen wollte." Felix packte sich mit der rechten Hand an den Hinterkopf und ließ seinen Kopf langsam wieder sinken.

„Ich blute, richtig?", fragte er vorsichtig nach.

„Ja, das sieht so aus", antwortete Darja, die wieder vor ihm stand, um die Kinder und ihn im Auge behalten zu können. Aus der Ferne hörte sie die Sirene des Krankenwagens. Das ging aber schnell!

„Ist der für mich?", fragte Felix nach.

Darja nickte. „Du warst bewusstlos, nachdem du mit dem Kopf auf dem Badewannenrand aufgeschlagen bist. Eine Gehirnerschütterung wäre noch die mildeste Verletzung, die du davongetragen hast."

„Ich kann nicht ins Krankenhaus", protestierte Felix.

„Das ist keine Frage des Wollens", lächelte Darja. Ihr war klar, dass Felix noch nicht ganz bei sich war.

„Du musst doch arbeiten und ich kann im Krankenhaus nicht auf die Kinder aufpassen", erklärte Felix ernst.

„Liebling, wenn du krank bist oder einen dauerhaften Schaden davontragen solltest, kannst du auch nicht mehr auf unsere Kinder aufpassen. Geh schön ins Krankenhaus, lass dich untersuchen und komme dann frisch und munter wieder. Ich hole mir derweil einen Kinderkrankenschein – vielleicht tut mir das auch ganz gut nach den ganzen Geschehnissen."

Nun war Felix offensichtlich überzeugt und beruhigt, denn er nickte zustimmend.

Nachdem Felix sehr fachmännisch und vorsichtig auf einer Trage in den Krankenwagen verfrachtet worden war und dieser sich mit seiner lauten Sirene hörbar entfernte, setzte sich Darja einen Moment auf den Rand der Badewanne. Sie betrachtete ihre Kinder. Die ältere Mila war offensichtlich geschockt und stille Tränen rannen über ihre Wangen. Der jüngere Tristan heulte dagegen lautstark. Er konnte in seinem Alter noch nicht begreifen, was passiert war. Er vermisste nur schmerzlich seinen versprochenen Kakao.

Einen Moment ließ sich Darja Zeit, um sich zu sammeln. Der Notarzt hatte ihr mitgeteilt, in welches Krankhaus ihr Mann gebracht würde und dass die Untersuchung sicherlich eine längere Zeit in Anspruch nehmen würde.

Darja entschied sich, ihre Kinder erst einmal vor den Fernseher zu setzen. Glücklicherweise boten die Streamingdienste, bei denen sie angemeldet waren, durchgehend Trickfilme für kleine Kinder an. Was sie bisher für unsinnig gehalten hatte, erleichterte sie jetzt sehr. Dann machte Darja für alle einen warmen Kakao, der gut für ihre Nerven war und die Gemüter wenigstens ein wenig beruhigte.

„Mama, wie gut, dass du gekommen bist", sagte ihre schweigende Tochter Mila nach ihrem ersten Schluck Kakao. In ihren Mundwinkeln war das köstliche, süße, braune Getränk noch zu sehen.

„Ja, was für ein Glück, Mila", antwortete Darja. Nein, sie konnte dem Kind nicht sagen, dass es im Grunde kein Glück war, sondern auf einer Warnung basierte. Was da genau vor sich gegangen war, wusste sie noch nicht einmal. War es Gedankenübertragung gewesen? Hatte ihr ihre verstorbene Großmutter geholfen? Oder war es etwa doch nur ein glücklicher Zufall, dass ihr Kopf sie gewarnt hatte?

Die Kinder beruhigten sich schnell und konzentrierten sich auf das Fernsehen, sodass Darja das Bad auf Überreste von Tabletten kontrollieren und reinigen konnte. Danach rief sie im Krankenhaus an. Es war ungefähr eine Stunde vergangen und sie rechnete nicht damit, dass ihr Mann schon untersucht worden war. Doch die Dame an der Telefonzentrale konnte ihr bereits eine Zimmer- und Stationsnummer nennen, auf der ihr Mann untergebracht worden war.

Darja warf die Kleidung, die Pflegeprodukte und diverse andere Kleinigkeiten, von denen sie glaubte, dass Felix sie im Krankenhaus benötigen würde, in eine Reisetasche und machte die Kinder unter Geschrei, da sie lieber weiter Fernsehen schauen wollten, ausgehfertig. Dann besuchte sie ihren Mann im Krankenhaus.

Felix lag alleine und blass in einem Dreibettzimmer. Doch er lächelte, als sie hereinkamen.

„Hey, Liebling, wie geht es dir?", fragte ihn Darja.

„Das tut mir so leid", entgegnete ihr Mann.

„Wir haben anscheinend Glück im Unglück gehabt. Da du nicht auf der Intensivstation liegst, kann ich wohl davon ausgehen, dass deine Verletzungen nicht so gravierend sind?", wollte Darja wissen.

„Allerdings. Ich habe nur eine Gehirnerschütterung und eine Platzwunde, die geklebt wurde. Nichts Wildes. Vielleicht kann ich sogar morgen schon wieder nach Hause gehen."

„Das ist doch beruhigend", freute sich Darja. „Heute lässt du dich noch von den hübschen

Krankenschwestern verwöhnen und morgen bist du schon wieder bei uns." Sie zwinkerte ihm zu.

Felix lachte auf, griff sich dann aber an seinen Kopf. „Uh, der Kopf dröhnt noch ziemlich stark", lächelte er mit einem leicht schmerzverkrampften Gesichtsausdruck. „Aber sag mal, Mäuschen, warum bist du heute so früh zu Hause gewesen? Ist wieder etwas vorgefallen in der Arbeitsstelle?"

„Ja, tatsächlich war da etwas. Doch ich denke, das ist nicht so wichtig, als dass es nicht warten könnte, bis du wieder fit bist."

Felix schaute sie zweifelnd an, sagte dann aber nichts. Ihm war schließlich klar, dass die Kinder dabei waren und sie wollten ihnen auf keinen Fall Angst oder einen Aberglauben einjagen.

Während Tristan sich neugierig in dem Raum umschaute und alles Mögliche in die Hand nehmen wollte, kuschelte sich Mila durchgehend an ihren Vater. Sie musste Höllenängste um ihn nach seinem Unfall ausgestanden haben.

Sanft streichelte Darja ihr über den Kopf. „Siehst du Mila, vieles sieht oft viel schlimmer aus, als es ist. Unsere Familie hat sehr gute Schutzengel." Dann lächelte Darja, denn sie wusste nicht mehr, was sie überhaupt glauben sollte.

Am nächsten Tag besorgte sich Darja bei ihrem befreundeten Kinderarzt einen Kinderkrankenschein, der es ihr ermöglichte, einen Tag unbezahlten Krankheitsurlaub zu nehmen. Letztendlich würde sie einen Teil ihres ausgefallenen Gehaltes bei der Krankenkasse beantragen können, doch das war ihr egal. Andere Sorgen deckten das normale Alltagsgeschehen bei Darja völlig zu.

Am späten Nachmittag rief ihr Mann an, dass sie ihn vom Krankenhaus abholen könnte. Die Entlassungspapiere hätten so lange auf sich warten lassen.

Auf dem Nachhauseweg im Auto sprach er Darja gleich an. „Du sagtest, dass gestern etwas vorgefallen wäre, weswegen du früher nach Hause gekommen bist. Ist es etwas, was auf deinen Spionkameras aufgezeichnet werden konnte?", fragte Felix so nach, dass die Kinder nichts vom gruseligen Inhalt mitbekamen.

„Für einen gestrigen Verunfallten bist du heute ganz schön neugierig", versuchte Darja abzulenken.

„Ich verstehe natürlich, wenn du dir die Aufnahmen gestern nicht alleine anschauen wolltest", bohrte Felix weiter.

„Ich habe die Aufzeichnungen gar nicht zu Hause, sondern in meiner Eile im Büro gelassen", gab sie zu.

„Könnte denn das gestern Geschehene darauf zu sehen oder zu hören sein?", wollte er hartnäckig wissen.

Darja nickte. „Es wäre möglich."

„Na, dann fährst du am besten jetzt einen Umweg an deinem Büro vorbei. Du hast ja einen Schlüssel und es wird keiner mehr in der Firma sein. Und selbst wenn, sagst du, dass du etwas Wichtiges vergessen hast, was du unbedingt noch heute Abend brauchst. Gelogen ist es ja nun wirklich nicht. Dann schnappst du dir die Spionkameras oder zumindest die SD-Karten aus den Kameras und wir schauen sie uns heute Abend an. Vielleicht klären sich dann auch schon deine merkwürdigen Erlebnisse." Felix schien tatsächlich schon wieder seine Tatkraft zurückerlangt zu haben.

„Ich weiß nicht so recht, ob ich diese Aufnahmen wirklich sehen möchte", merkte Darja vorsichtig an.

„Das kann ich sehr gut verstehen", pflichtete Felix ihr bei. „Dann schicken wir dem Geisterjäger-Team die Aufnahmen. Sie haben uns freundlicherweise ihre erneute Hilfe zugesagt und ich denke, die brauchen wir jetzt auch noch einmal."

Erleichtert, sich nicht die mysteriösen Ereignisse noch einmal ansehen zu müssen oder aber nicht erkennen zu müssen, dass nichts von dem, was sie gesehen und gehört hatte, tatsächlich geschehen ist, nickte sie spontan. Es war ihr zwar ein wenig unangenehm, die Zeit und Mühe der Geisterjäger kostenlos noch einmal in Anspruch zu nehmen, doch sie wusste, dass sie ihre Hilfe in dieser Situation dringend benötigte.

Das Geisterjäger-Team reagierte noch am selben Abend mit einer Rück-Mail:

„Hallo Darja, hallo Felix,

ihr müsst euch die Aufnahmen unbedingt selbst anschauen. Interessant wird es ab der Aufnahmezeit 2:04:07, es ist unglaublich!"
Euer Geisterjäger-Team"

Felix bot an, die Aufnahmen auf das Fernsehen zu spiegeln, doch Darja lehnte ab. Was auch immer so unglaublich war, wollte sie nicht noch in Großaufnahme sehen.

Schweren und dennoch klopfenden Herzens saß Darja, nachdem ihre Kinder tief schliefen und sie sich davon noch einmal überzeugt hatten, an Felix angekuschelt auf der Couch. Inzwischen hatte sie bereits drei Gläser Wein getrunken, in der Hoffnung, dass sie das, was sie gleich sehen und vielleicht hören könnte, dann eher von einem alkoholbedingten Abstand verarbeiten zu können. Alkohol sollte doch angeblich dämpfend und beruhigend wirken. Das würde Darja heute auf den Prüfstand stellen.

„Bist du soweit?", fragte Felix, der die Aufnahmen auf sein Tablet geladen hatte und es nun startbereit vor ihnen hielt. In drei unterschiedlichen Fenstern auf dem Tablett sah man die drei Aufnahmen der Kameras, die im Team die gesamte Spannbreite ihrer Arbeitskabine überwacht hatten.
Darja stöhnte auf und nickte.
Felix startete die drei Aufnahmen. Man sah Darja aus drei verschiedenen Perspektiven, die noch einmal einen Blick zu den installierten

Spionkameras warf, sich dann auf ihrem Schreibtischstuhl niederließ und sich einen Stapel Zettel heranzog.

„Sollen wir vorspulen?", fragte Felix sanft.

„Natürlich. Oder willst du mich zwei Stunden bei der Kontrolle der Kundenmahnungen beobachten?", grinste Darja, doch es wirkte eher wie eine Grimasse.

Felix nickte und schob mit seinem Finger die Zeiteinstellung auf 1:98:01. Ihr kluger Ehegatte hatte es geschafft, alle drei Aufnahmen zusammen steuern zu können. Mit der frühen Einstellzeit wollte er vermeiden, dass es sofort losging und Darja keine Zeit mehr hatte, sich auf das „Unglaubliche" einzustellen.

Lange sechs Minuten sahen sie Darja bei der Arbeit zu. Sie wirkte konzentriert und nahezu ein wenig erleichtert. Dann hörte man den Knall gegen das Fenster und sah das Aufschrecken von der eben noch so emsigen Sachbearbeiterin.

„Das ist aber laut gewesen", gab Felix zu. „Da hätte auch ich mich erschrocken, egal ob noch Kollegen im Büro gewesen wären oder nicht."

In den Videos stand Darja auf und verschwand aus der Sicht der Kameras. Die Spionkameras zeigten die vereinsamte Bürokabine und das Mikrofon nahm nichts wahr.

Da war plötzlich eine Person zu sehen. Wer sie war, war nicht erkennbar, wohl aber, dass es sich nicht um Darja handeln konnte. Sie trug eine schwarze Hose statt einer Jeans und war ein wenig molliger als die schlanke Darja. Noch blickte die Frau mit den langen braunen Haaren herunter.

Zielsicher steuerte sie auf das Wasserglas zu, das bereits ausgetrunken war, hob es hoch und warf es mit voller Wucht auf den Schreibtisch. Atemlos sah Darja vor dem Tablet sitzend zu, wie diese Frau plötzlich einen kleinen Hammer in der Hand hielt und damit noch einmal auf die größte Scherbe auf dem Tisch einschlug.

Dann drehte sich die Frau um und plötzlich war das schadenfroh grinsende Gesicht erkennbar.

„Marina!", schrie Darja fast erleichtert auf.

„Deine Kollegin, die dir die späten Arbeitszeiten und die Kinder neidet?", fragte Felix nach.

„Ja, genau die! Was muss die für einen Hass auf mich haben. Schau dir mal ihren Gesichtsausdruck an!" Purer Hass strahlten ihre kalten Augen aus.

„Diese Person ist gefährlich. Stell dir vor, sie hat einen Hammer dabeigehabt. Wie leicht hätte sie ihn gegen dich einsetzen können, wenn sie schon so hasserfüllt ist", gab Felix erschrocken zu bedenken.

Darja nickte. Dann schaute sie wieder auf die Aufnahmen auf Felix' Tablet. Einige Minuten passierte nichts Spektakuläres, außer, dass Darja in ihre Arbeitskabine zurückkam und die Scherben wegwischte und entsorgte. Erstaunlich tapfer setzte sie ihre Arbeit der Kontrolle der Mahnungen fort.

„Da, schau mal, da taucht ein kleines Gerät rechts hinter dir neben der Trennwand so auf Augenhöhe auf", wies Felix Darja nervös auf die Veränderung im Video hin.

„Was ist denn das?", fragte Darja erstaunt.

„Das könnte eine Kamera sein oder... ja, das ist ein Projektor."

„So klein? Ich kenne Beamer nur als wesentlich größere Geräte", zweifelte Darja.

„Das ist ein Projektor, der Bilder oder Videos von Smartphones auf irgendetwas projizieren kann. Die können tatsächlich ungefähr so klein wie eine Zigarettenschachtel sein. Siehst du, sie wird auf etwas vor dir ausgerichtet", kommentierte Felix das Gesehene.

Auf einem der Aufnahmen von der Kamera, die auch den Computerbildschirm von Darja kontrollierte, sah man nun, dass ein Bild um den Monitor hin und her wackelte, ehe es sich zielsicher auf dem Bildschirm fixierte. Der Totenkopfschädel. Die Darja im Video hatte jedoch davon noch nichts mitbekommen, da sie gerade noch in eine Mahnung vertieft war.

Der Darja auf der Couch bei Felix blieb der Mund offenstehen. Es gab tatsächlich für jeden einzelnen der vermeintlich paranormalen Phänomene eine natürliche Lösung. Und sie hieß Marina, die jetzt auch auf einem der Aufnahmen sichtbar war, während sie freudestrahlend den Miniprojektor auf Darjas Computerbildschirm hielt.

„Das ist unglaublich", bestätigte Darja unbewusst die Aussage der Geisterjäger. Marina war der Verursacher ihrer Horrorvisionen. Vermutlich wollte sie sie erschrecken oder sogar aus ihrem Job scheuchen. Offensichtlich konnte sie nicht ertragen, täglich zu sehen, wie angeblich Darja all das hatte, was sie sich wünschte.

„Spuk geklärt", lachte Darja erleichtert auf und lehnte sich zurück. „Ich erinnere mich, dass ich ein Knallen gehört habe und danach ein Stück Plastik auf dem Gang fand. Da ist ihr wohl der teure Projektor heruntergefallen, als ich mit dem Stuhl gegen die Rückwand rollerte. So, nun können wir beruhigt ins Bett gehen."

„Nicht ganz", gab Felix zu bedenken. „Du hast mir noch erzählt, dass du Stimmen in der Radioübertragung gehört hast, die dich gewarnt hätten. Die will ich auch noch hören."

„Das war doch bestimmt wieder Marina, die diese Stimme auf Tonband hinter der Kabine eingespielt hat und ich hatte nicht darauf geachtet, woher sie genau kam", prognostizierte Darja.

„Dann wäre die Stimme aber sehr dumpf und leise gewesen. Du hast erzählt, dass sie direkt aus dem Lautsprecher des Computers gekommen wäre", bohrte Felix nach.

„Dann hat Marina halt ihren Recorder auch neben die Trennwand in die Kabine hereingerichtet wie auch schon den Projektor. Dann wäre der Unterschied kaum zu bemerken gewesen, vor allem, da ich ohnehin schon so durcheinander war", erklärte Darja. Sie wollte diese Aufnahmen nicht noch weiter schauen. Irgendetwas beunruhigte sie bei dem Gedanken.

„Wenn deine Vermutung stimmt, müssten wir Marina auch wieder auf den Aufnahmen deiner Spionkameras sehen und die Stimme hören können. Lass uns doch bitte dieses Phänomen noch überprüfen. Dann sind alle Spukvorgänge aus der Welt geschafft und deine Anschuldigungen, Frau

Parschski würde dich bespuken, ebenfalls. Das wird deiner verstorbenen Dame sicher nicht gefallen, wenn du sie zu Unrecht beschuldigst", lockte sie Felix.

„Habe ich ja nicht. Ich habe gehört, dass meine Großmutter mich gewarnt hat und nicht Frau Parschski", knurrte Darja. Aber sie merkte, dass sie aus dieser Angelegenheit nicht mehr rauskam. Sie würde sich die Szenen, in denen sie von Felix' Unfall in Kenntnis gesetzt und nach Hause geschickt worden waren, noch mit ihm anschauen müssen.

Eine Weile tat sich nichts, außer, dass Darja einen erschrockenen und leidenden Eindruck machte.

„Ich hörte zu dem Zeitpunkt eine Stimme, die mich warnte", erklärte Darja.

Felix nickte. Das hatte er sich nach den Erklärungen seiner Frau, bevor sie das Video schauten schon gedacht.

Nun endlich schaltete Darja das Radio im Video an. Der Moderator war deutlich hörbar auf der Tonaufnahme. Doch plötzlich störte ein Signal dessen klare, männliche Stimme. Es knatterte auf der Aufnahme und es war deutlich die weibliche Stimme hörbar: „Nach Hause... dein Mann ...deine Kinder... Tod."

Nicht nur im Video, sondern auch zu Hause erschreckte sich Darja unglaublich. „Da, da ist die Stimme. Noch deutlicher als ich sie im Büro gehört habe. Was ist das nur? Felix, ich werde doch nicht verrückt. Du hast sie doch auch gehört oder?"

Felix war kreidebleich geworden und hatte intuitiv die Aufnahme auf seinem Tablet auf Pause geschaltet. „Ja, ich habe sie auch gehört. Das war ganz klar die Stimme einer älteren Frau, die nicht zu dem, was der Moderator sagte, passte. Vielleicht hat sich der Sender mit einem anderen überlagert, in dem ein Hörspiel oder so vorgetragen wurde."

Nun wurde Darja mutig. „Lass uns die Aufnahme weiter hören. Das war noch nicht alles."

Felix schaltete mit zitternden Händen die drei Videos wieder an, obwohl nur auf einem die Tonspur mitgelaufen war.

Sie hörten auch die Warnung der Person: „Fahr nach Hause. Höre auf mich." Sowie die Kommunikation zwischen Darja und der älteren, weiblichen Person, in der sie betonte, tatsächlich Darja angesprochen zu haben.

Als das extrem hohe Geräusch ertönte, sprang Felix auf. „Das reicht jetzt. Ich rufe gleich die Geisterjäger an, welche Erklärung sie dafür haben.

„Da kommt doch gleich noch die Stelle, an der sich meine Großmutter als Oma vorstellt und mich nochmals eilig nach Hause schickt, indem sie den Unfall anspricht", erinnerte sich Darja erstaunlich glasklar an das Gespräch.

„So etwas habe ich mir gedacht. Du bist entweder verdammt mutig oder masochistisch veranlagt", ereiferte sich Felix plötzlich. „Ich will mir das nicht anhören, sondern lieber gleich die Auflösung." Er feuerte sein teures Tablet auf den Tisch, beugte sich auf seine rechte Pobacke und fischte sein Smartphone aus seiner linken Hosentasche.

Ohne Darjas Entgegnung abzuwarten, suchte er in seinem Ordner „Gewählte Rufnummern" eine heraus und betätigte die grüne Anruftaste.

„Es ist sehr spät, willst du nicht lieber...", wollte Darja ihn noch aufhalten, doch sie hörte, dass sich am anderen Ende der Leitung bereits jemand gemeldet hatte.

„Super Klaus, dass du noch drangegangen bis zu dieser Uhrzeit. Doch wir haben ein riesiges Problem. Ich stelle jetzt erstmal auf laut, denn meine Frau will deine Antwort sicher auch aus erster Hand mitbekommen."

Während Felix den Ton auf laut stellte, hörte Darja noch die Entgegnung von Klaus: „...ich verstehen. Das ist unglaublich."

„Hallo Klaus", begrüßte Darja ihn auch freundlich.

„Hi, Darja. Gratulation. Bei dir auf der Arbeit ist ja jede Menge los", lachte Klaus durch die Leitung.

„Kann man sagen. Die feindlich gesonnene Kollegin hat mir einen ganz schönen Schrecken eingejagt."

„Die meine ich noch nicht einmal. Wenn man an solch eine Schreckschraube gerät, nenne ich das Pech. Doch dafür hast du eine ganz wunderbare Erfahrung machen können, auch wenn der Unfall natürlich kein guter Anlass war", sprudelte Klaus durch das Telefon. „Der Unfall war doch tatsächlich geschehen?", fragte Klaus nochmal nach.

„Ja, und es war wirklich lebensrettend, dass ich früher nach Hause gefahren bin", bestätigte Darja.

„Doch ich... ich weiß nicht so recht, was du meinst mit der ‚wunderbaren Erfahrung‘“, stotterte sie.

„Das EVP meine ich.“

„Was ist EVP?“, schaltet sich Felix dazwischen.

„Ist das euer Ernst: Ihr seid einer der Glücklichen, die dies erleben dürfen, und wisst noch nicht mal, was das ist? EVP ist das ‚electronic voice phenomenon‘, die sogenannten Tonband- oder Radiostimmen. Jürgenson, den Vornamen habe ich vergessen, hat diese Entdeckung Mitte des 19. Jahrhunderts durch Zufall gemacht. Während er Vogelstimmen in der Natur aufnehmen wollte, schlichen sich Stimmen mit auf die Aufnahme. Seitdem sind viele Untersuchungen zu diesem Thema auch von Wissenschaftlern durchgeführt worden und man kann die Existenz dieser Stimmen, die mit uns kommunizieren, nicht widerlegen. Viele haben Gespräche mit Verstorbenen geführt, so wie du, Darja.“

„Ich habe die Stimme meiner Großmutter auch im Kopf gehört“, ergänzte Darja fassungslos.

„Das berichten viele Personen, die sich für die Kommunikation mit dem Jenseits öffnen“, bestätigte Klaus von dem Geisterjäger-Team.

„Kennst du das auch?“, fragte Darja.

„Leider nicht. Ich bin anscheinend für so etwas nicht empfänglich, obwohl ich mich mit diesem Thema schon aus Interesse intensiv beschäftigt habe“, lachte Klaus. „Aber ich kann dir einen Verein empfehlen, der sich mit solchen Stimmen beschäftigt, der Verein für Transkommunikations-Forschung (VTF) e.V. Den findest du im Internet unter www.vtf.de.“

„Glaubst du wirklich, dass die Stimme von einer Verstorbenen kam?", fragte Felix ungläubig nach.

„Eine andere Erklärung habe ich nicht gefunden, zumal ich die Art der Kommunikation als sehr typisch empfinde", teilte Klaus mit.

„Ja, dann danke ich dir." Darja konnte kaum noch einen klaren Gedanken fassen. Sie war sich nicht sicher, ob sie sich über die Kontaktaufnahme ihrer geliebten Großmutter freuen oder vor Angst schreien sollte.

„Wir danken euch. Das war äußerst interessant und hat unseren Glauben an Geister und Seelen wieder enorm gefestigt. Und euch kann ich nur beglückwünschen. Ihr habt einen sehr guten und hilfreichen Schutzengel bei euch."

Darja schaute Felix an und lächelte. Er war gesund und niemandem war etwas geschehen trotz des unglücklichen Unfalls. Es hätte viel schlimmer ausgehen können, wenn sie tatsächlich erst zum regulären Feierabend einiges später nach Hause gekommen wäre.

„Danke, liebe Omi", sagte Darja leise und schaute liebevoll nach oben.